短篇小说集

家园

曹洪蔚 著

百花洲文艺出版社
BAIHUAZHOU LITERATURE AND ART PRESS

图书在版编目（CIP）数据

家园 / 曹洪蔚著. -- 南昌：百花洲文艺出版社，
2024. 10. -- ISBN 978-7-5500-5000-6

Ⅰ. I247.7

中国国家版本馆 CIP 数据核字第 2024TF3803 号

家园
JIAYUAN

曹洪蔚　著

出 版 人	陈　波	
责任编辑	郝玮刚　蔡央扬	
装帧设计	书香力扬	
制　　作	书香力扬	
出版发行	百花洲文艺出版社	
社　　址	南昌市红谷滩区世贸路 898 号博能中心一期 A 座 20 楼	
邮　　编	330038	
经　　销	全国新华书店	
印　　刷	四川科德彩色数码科技有限公司	
开　　本	880 mm×1230 mm　1/32	印张　7.625
版　　次	2024 年 10 月第 1 版	
印　　次	2025 年 2 月第 1 次印刷	
字　　数	190 千字	
书　　号	ISBN 978-7-5500-5000-6	
定　　价	58.00 元	

赣版权登字　05-2024-300

网址　http：//www.bhzwy.com

图书若有印装错误，影响阅读，可与承印厂联系调换。

序：唯有真情动人心

刘庆邦

动笔写这篇序言的时候，获悉洪蔚的短篇小说刚刚荣获第五届奔流文学奖首奖，其本人入选21世纪河南作家系列研究工程"河南小小说二十家"，可喜可贺。

洪蔚在行政机关工作，却自小做着绵绵不断的文学梦。繁忙的工作之余，读书写作成了他最佳的休闲方式。周末和假期，他笔耕不辍，短散文、微型小说、新闻报道，都有涉猎，且成绩不俗，先后结集出版了散文集《春种秋收》《故乡的背影》、小说集《汴堤湾风情》《汴地风流》等，获得过不少文学奖项。

最近几年，洪蔚退居二线，读书写作的时间相对充裕，他把自己读写的方向定位在农村题材短篇小说创作上，一口气写下了近二十个短篇，先后发表在《奔流》《山西文学》《牡丹》《大观》等文学期刊上，引起期刊编辑和读者关注，不少作品反响很好。

地域文化对一个小说家的滋养非常重要。一是母亲，一是自然，一是童年的生活，这是成就一个作家的最重要的三个方面。一个作家的出生地，对他的影响是决定性的，这种影响会持续一生。特别是农村出来的作家，他的血管里总是流淌着童年的记忆。我的农村题材小说，也多是回望田园式的、诗意的，写风情之美、风俗之美、人情之美，写类似乡愁这样的东西。我认为，一个人改变不了对家乡的记忆，就如同改变不了自己的梦境一样，因为人对梦是不能控制的。写东西也是一样，一回忆，农村的一切就涌现出来。

洪蔚在农村长大，又有多年的农村工作经历，写起农村题材的短篇小说似乎更加得心应手。收入《家园》这部短篇集子的作品，多是写农村人农村事的，且有着明显的地域特色。黄河南岸，豫东平原，浓郁的风土人情、熟悉的乡村景物、独特的乡村人物，活灵活现，扑面而来，栩栩如生，读来，如一幅浓墨饱蘸的新时代乡村画卷，在眼前徐徐展开。

《麦口》紧跟时代步伐，贴近当下农村现实生活，把一对留守男女的情感挣扎表现得活灵活现，语言精准，细节绵密，读起来有"一唱三叹"之妙，把打工潮背景下农村人的婚姻状况及生存困境，进行了生动呈现，是一篇当下性和艺术性都很强的好作品。《家园》里的母亲，固守传统的乡土文明，乡村意识根深蒂固，面对城市文明的挤压和冲击，她倾其一生守护的精神家园和乡村院落，一起坍塌，隐入尘烟，沦为废墟，成为哀鸣着的"掉队的孤雁"。作品的叙事呈现出丰富的多样态局面，乡村日常生活、社会风俗习惯、人伦关系等，诸如此类的叙事不断进入读者视野，冲击阅读者的灵魂，生发震撼的力量。

我常常讲，作家要有对现实的担当和反思，对一些极端的东西要有冷静的审视。除了揭露现实、批判人性恶，最重要的还要有对人性善良的信念，给人以期望，带给人一束光。这应是一个作家的理想，而不论什么时候都不要放弃这样的理想，因为理想是人类的希望。《麦口》《家园》这两个短篇作品，正是通过沐浴虚构之光和人性之光，使温暖和善良照亮了整篇小说。

在一些文学课上，我曾对那些有志于成为作家的朋友说过：一个善良的人可以不是作家，但一个恶人永远不会成为作家。从本质上说，作家的写作是劝善的，是用于改善人性和改善人心的，是为了使人和社会变得更美好，是作用于人的精神、人的心灵和灵魂，通过作品，使人性变得更善良。这就要求每个作家首先要是一个善良的人，善良而敏感，以善良发现善良，进而发现恶，揭露恶，鞭挞恶。善意就像阳光一样，是永远也不会消失的。作品要传播善的思想，带给人一束光，给人以温暖和力量，让人读了之后能从中找到生活的方向，增加生活的勇气，激发生活的热情。

在这部短篇集子里，还有几个作品也是可圈可点的，如《喜鹊登门》《忘忧果》《白纸黑字》等，无论是表现打工人"聚少离多"的情感挣扎，或是讲述卖身救父、典身求学的奇异故事，都充满着情感的张力，使读者在充沛的情感加持下，沉浸其中，共心共情。其实，写小说的过程，就是挖掘、酝酿、调动、整理、表达感情的过程。衡量一篇小说是否动人、完美，一个重要的标准就是看这篇小说所包含的情感是否真挚、深厚、饱满。倘若一篇小说的情感是虚假的、肤浅的、苍白的，就很难引起读者的共鸣。这就要求我们写小说一定要有感而发，以情动人，把情感作为小说的根本支撑。在这方面，洪蔚做了很好的尝试。

关注农村，关注农民，记录时代变迁，发掘人性之光，抒写美丽乡愁，这也许就是洪蔚创作和出版这部集子的初心。通读这些作品，豫东农村的风情之美、风俗之美、人情之美，跃然纸上，流光溢彩，方言俚语的运用出神入化，个性化的表达叙述有着一定的文字辨识度。可以说，洪蔚是在以自己的方式为农民代言，为故乡立传。

有人说，如今现实生活太精彩了，作家只要拿过来就成小说了，对此，我不敢苟同。不管现实生活多么丰富多彩，照搬过来，都不符合小说艺术的要求，因为它没有进入艺术的层面，没有经过心灵化和艺术化的处理。读了洪蔚的作品，我觉得他已深谙其道。

当然，洪蔚接触短篇小说创作时间还短，在细节运用、谋篇布局、思想深度和语言锤炼上，还需要再下一番功夫。有志者，事竟成，期待他有更多精品力作问世。

（刘庆邦，河南籍著名作家。现任中国煤矿作家协会主席，北京作家协会副主席。著有长篇小说《平原上的歌谣》《远方诗意》《花灯调》等十部，中短篇小说集、散文集《走窑汉》《梅妞放羊》等七十余部。曾获茅盾文学奖提名、鲁迅文学奖、老舍文学奖。）

目录

麦　口

"喂，在干吗呢？"

"看电视。"

"啥电视啊？"

"液晶电视。"

"晚上方便出来吗？"

"不用，屋里头有卫生间。"

这段男女对话，是在几个人奇奇怪怪的笑声里完成的，把麦苗逗笑了，笑得叽叽呱呱的。好在家里横竖就自己一人，想哭哭，爱笑笑，没人知道的。

不知道从啥时候，麦苗迷上了抖音，一刷就是老半天。

天长夜黑，不刷干啥呢？丈夫孩子都不在家，地里的活又不多，收麦还要一段时间。刷抖音，时间就像河里的流水，不知不觉就过去了。

疯笑完，麦苗想起了正事，开始给那个叫麦场的木匠师傅打电话。

麦苗家去年新翻修了房子，里里外外粉刷一新。新房建好后，结婚时陪嫁过来的那些家具，立马显得不合时宜了，寒碜得很。好马配好鞍，还真是这么回事儿。麦苗就和在外地打工的丈夫商量，今年先找人打一组柜子，换一张大床，其他的家具慢慢更换。麦囤没说别的，很快"微转"了一笔钱，让她在收麦前张罗这件事儿。

经人介绍，麦苗找到了那个在乡下打家具的人，一问名字，这人大名叫郑立运，小名叫麦场。

回来的路上，麦苗在心里头笑了，麦苗、麦囤、麦场，咋都跟麦子较上劲儿了，这么巧。

说起来，麦苗的日子，似乎总是和麦子有关。

麦苗出生的时候，正是收秋种麦的节口，村里人个个忙得手脚不闲。为了好记出生的日子，母亲就随口给她起名麦苗。

小麦是豫东平原最主要的农作物。收完秋，人们抓紧给土地翻了个身儿，把金灿灿的小麦种子撒进去。大约一周后，麦苗从土层里探出头来，用嫩黄淡绿的目光，打量着已是霜风落叶、残花败柳的世界。而后，它让自己一天天强壮起来，发誓要给这个世界坚守一种力量——关于绿色、关于春天、关于收获的梦想。

一场秋风一场凉，寒霜借着夜色悄悄袭来，万物肃杀，落叶凋零，连倔强的秋菊都败下阵来，萎缩成一缕残枝。而麦子抖落头顶的霜粒，依然坚强地生长着，颜色更绿了，枝叶也更壮实了。它们这样倔强，是在召唤一场瑞雪的光临，那样的时刻，会更寒冷、更无情、更惨烈，可不经历这样的一些时刻，何来来年那沉甸甸的收获。因为，它们无数遍地听到过农人这样的唠叨："冬天麦盖三层被，来年枕着馒头睡"，宁肯自己吃苦受难，也要带给庄稼人一个丰收的好年景。于是，面对铺天盖地的一场又一场大雪，麦子们默默承受，坦然微笑，把积雪当作一床过冬的棉被，把根深深扎进大地温暖的怀抱，把自己分蘖成三头六臂，积蓄着与严寒冰雪抗争的力量。

在麦苗的眼里，麦子是有生命的活物，它有思想，会呼吸，有感情，知寒知暖，通晓人情世故。

也许是期盼太久，当厚厚的积雪融化，田里的麦苗齐刷刷地站起身来，针尖一般向着天空刺去。绿，无边无际的绿，一望无际的绿，铺天盖地的绿，让冰雪和严寒臣服，它们把最后一点失败的泪滴，洒在麦子胜利微笑着的田野里，在春风的驱赶下，很快便了无踪迹。麦子牢记自己的使命，在快速地生长着，庄稼汉子吆喝着黄牛开始春耕时，麦子的个子还不算高，可当播下的玉米豆苗破土时，它已开始打苞抽穗，田野一片翠绿。

乡村的四月是绿扮的装，是绿织的毯。这时的小麦经过一春的成长，抽穗灌浆，已出落成了一个健美端庄的村姑，焕发出一派成熟的韵味。它们津津有味地咀嚼着这初夏的阳光，享受着暖风热烈的亲吻和抚摸。看那麦浪，之字形蛇一般地在大地上游弋，如潮涨潮落，蔚为壮观，醉人心脾。

在季节的轮回中，在一茬一茬的麦收中，汴堤湾那个叫麦苗的女孩儿也渐渐长大了，如田里一株俊秀的麦子。

这年麦口，母亲翻出压在箱底的衣服，把稀疏的头发来来回回梳了好多遍，还沾了水，把已经理顺的头发抹得油光发亮。这时，媒婆儿大翠婶拉上母亲走出院门，她们联袂而往，去八里庙相门户，给麦苗寻婆家。

从八里庙回来，母亲的脸红扑扑的，那是因了兴奋抑或激动的缘故。母亲说："这一家儿，中，是个陈实户，家境好，都快要收麦了，屋里还立着高高的麦囤，房子也是混砖的，可结实。"

门户相中了，接下来就该相亲了，也叫小见面。八里庙更会那天，媒婆儿大翠婶把麦苗领到一个桥头上，给他指了指那个推着新自行车的小伙儿，说："过去吧，这个主儿就是。"

"来啦。"看见麦苗，小伙红着脸问。那眼，眨巴得跟打闪似的。

麦苗嘴皮子动了动，没说话，勾着头，把骨碌碌的一双眼迅速锁定在了一个桥墩上。

"俺叫麦囤，你叫啥啊？"媒婆儿嘱咐过他，见面的时候，男方要主动。

"俺叫麦苗。"麦苗的眼神依然定格在桥墩上。

"你愿意吗？给。"麦囤递过去一个红纸叠成的包，是小见面礼。

麦苗没有看，也没有接，头勾得像刚出土的豆苗。

麦囤走近她，把红包一下塞进了她上衣口袋里。推上车，说："那我先走啦。"像是完成了一项重要任务。

接了红包，就意味着女方同意了这门婚事。

麦苗转过身，走回了桥那头。

第二年的麦罢，麦苗就嫁给了麦囤。

种麦收麦，收麦种麦，收收种种间，十多年就过去了。如今，麦苗已是两个孩子的母亲。

拨了好几遍，那个叫麦场的木匠师傅才接了电话。

麦苗问他："这大日头都在树梢上滚几遭了，你咋还没来呢？"

麦场说："唉，别提了，昨晚喝多酒了，回来倒头就睡，电车忘充电了。这会儿快充好了，我这就去。"

"没尾巴儿鹰，一点不靠谱。"麦苗嘟囔着挂掉了电话。

过了二十分钟，哐哐、哐哐，院门响起敲击声，像打锣。

麦苗慌忙跑过去。是一个四十出头的男人，板寸头有些花白，清瘦脸透着黑红，宽膀子，粗胳膊，一看就是个棒劳力。

"你是麦场师傅吧？"

"我是麦场，不是啥师傅，一个穷木匠。"

麦场把电车推进院子，扎好。麦苗关了铁皮院门，插好。

麦场挎着一个帆布包，里面装着各种尺子、铅笔，还有一个卷了皮的本子。

麦场说："姐，我今天主要是现场看看，根据你的想法，搞个初步设计，然后量尺寸，造预算，商量好价钱，再动工。姐，你看这样可以吗？"

麦苗说："中啊，你经常干活的，咋样儿干你知道。"

麦苗没有喊他兄弟，心里说："姐叫得怪甜，咱俩指不定谁大呢。"

麦苗递过去一瓶矿泉水，说："这次先打一组柜子，一张大床，看你活儿好了，下次打沙发、打桌子、打条几，还喊你。"

麦场说："姐，你放心吧，我这手艺，连干带不干有好几十年了，包你满意。"

麦苗扑哧一声笑了："连干带不干，你这人说话可真有意思。"

麦苗把麦场领进新盖的屋子里，在东厢房，麦苗说："靠东山墙打一组柜子，放衣服被子，靠近北墙打一张大床，2米乘1.8米的。"

麦苗说完，麦场就开始打量这间屋子，两眼东瞄瞄西扫扫，眼珠子像两束探照灯，坚毅、明亮、果敢，很有状态。

沉默片刻，麦场师傅说："姐，没猜错的话，这间房是主卧，应该好好设计一下，除了衣柜、大床，我想给你设计一组床头柜、一个梳妆台，这些都是不能少的。"

麦苗说："啥主卧不主卧的，就是天黑睡觉的地方，庄稼人，哪恁多穷讲究。"

麦场看着她，一脸严肃的样子，说："姐，你可不敢这么想，如今庄稼人也得讲究些，不然人家看不起。你有闺女有儿子吧，将来他们谈婚论嫁相门户，讲究不讲究，可是不一样。"

麦苗说："没想那么长远。你看着办吧，都听你的。"

麦场说："姐，我按简约朴实的风格给你设计，让你少花钱多办事，还不落后。"

麦场开始量房间的尺寸，量着，记着，一会儿工夫就把草图绘出来了，像一幅速写。

麦苗看他在草图上标注的字刚劲洒脱，量尺算数头脑灵活，就说："没看出来，你还是个读过书的人。"

麦场转过头，直勾勾地看着她，一本正经地说："姐，你是隔着门缝看扁人，不知道吧，我小学本科毕业呢。"

"小学本科？没听说过还有小学本科。"

麦场咧开嘴笑了，说："说实话吧姐，我是大学——没考上，连蹲两级的高中生。"

麦苗也笑了，那笑是从心里头漾出来的，甜润，舒畅。

这活儿是包工包料，预付五百元定金。谈好价钱，隔一天，麦场师傅就领着拉木料板材的车子过来了。

卸完车，麦场就马不停蹄地干开了。

麦苗坐在厨房门口，一边择菜，一边拿眼看麦场做活儿。按照约定，进场施工期间，主家要管一顿午饭，吃孬吃好，不定标准，全凭主家心意。

这位麦场师傅还真是个巧木匠，脑子活泛，手脚麻利。麦苗的娘家爹就当过木匠，对这个行当有所了解。木匠的巧，体现在画线下料上。啥料用到啥地点儿，啥样家具啥尺寸，是很有讲究的。这需要木匠的眼力头儿，还需要木匠的细致劲儿，好木匠赖木匠的区别也在这里头。一段圆木摆在那里，麦场看着它，注目凝神，嘴唇若张若合，很快算好了该截多少薄板，多少厚板。然后，量尺分割，用铅笔画上记号，墨斗打线。锯好板材，麦场又拿起拐尺左量量右画画，将板材分割成腿料撑料，之后再标出凿眼的位置。在麦苗眼里，麦场量尺画线的样子，就像工厂里的高级工程师。

午饭是四个菜，两凉两热，两荤两素，凉拌黄瓜变蛋，卤猪耳丝，清炒西葫芦，土豆炒肉片。主食是番茄鸡蛋捞面。

麦场洗过手脸，坐下来，看见一桌子的菜，说："姐，你太客气了，吃碗捞面条就中了。"

麦苗把刚洗过的筷子递过去，说："俺娘从小就教育俺说，到啥时候，不能亏待下力人，掏力的人都不容易。"

说着，又从饭桌下面拿出一瓶白酒，递给麦场，说："喝点，解解乏。"

麦场推辞说："姐，我不会喝酒，吃点饭就中了。"

麦苗轻轻地瞪了他一眼，说："不会喝？净说瞎话。我前天给你打电话的时候，你还说喝多酒忘给电车充电了，怎说不会喝酒？"

麦场脸红了一下，搓起了手，说："酒量不中。再说了，不想让俺姐破费。"

麦苗倒了一杯酒，递过去，说："随意喝，我又不劝你酒，别误了后晌干活就中。"

吃着聊着。麦苗问："你这么好的手艺，咋没出去干活呢？出去挣钱多呢。"

麦场抿一口酒，说："前些年，我一直在外地打工，给建筑工地支壳子，装修房子，每天都有三五百的收入。去年，老父亲得了卒中，自己顾不了自己，我就出不去了，换老婆外出打工了。"

麦苗叹口气，说："我也是为了照顾婆婆，才没出去。前几年，我在东莞干活，每天工资也三百多呢。"

麦场说："话说回来了，钱这东西，一辈子也挣不完，挣不够，老人也就这一辈子，我们也就一辈子，你说是不是呀，姐。"

"说得是呢。"麦苗把几块炒肉拨到麦场的饭碗里，眼睛幽幽的。

天擦黑的时候，麦场简单收拾了一下工具，嘱咐麦苗关好大门，骑上电车一溜烟跑了。

照顾婆婆吃完饭，麦苗把午饭的剩菜热热，随便吃了几口，就回到了东屋。干热风刮了一天，身子到处黏黏的。麦苗接了半桶凉水，又把一满壶热水倒进去，脱光衣服，开始擦洗身子。

上个月的 16 日，是麦苗 38 岁的生日。生日的前几天，麦苗就在微信上给丈夫麦囤好多暗示，可这个粗心的家伙东拉西扯的，就是不上道，把麦苗气得肚子鼓鼓的。生日过去有好几天了，像刚睡醒的样子，丈夫才想起这回事，在微信里给她补发了一个红包，点开，38 元。麦苗又气坏了，回他："收回你的红包吧，我就值 38 块钱呀。"丈夫回她："千里送鹅毛，礼轻情意重。今年 38，明年就是 39，争取发到 100 呀。再说了，我挣得再多，最后还不是都交给你呀。"弄得麦苗哭笑不得。

擦完，麦苗站到了那面穿衣镜前。有多少日子了，穿衣，洗澡，她从没站在这里过，也从来没有过这种心思。这几天，那个木匠一口一个姐地叫，叫得她心里头发毛："我真有那么老吗？"

镜子里头，麦苗的头发黑漆漆的，浓密，粗壮。眼睛，像清水里丢进两粒黑葡萄，水汪汪，亮闪闪。脖颈伸展，无褶无皱，瓷雕一般。一双胳膊细溜圆展，上下身子凹凹有致，与当姑娘时稍有不同的，就是微微凸起的小肚子，还有散布在大腿根儿的那些妊娠纹。

"再敢叫我姐，啪，勾儿，毙了你。"麦苗闭了左眼，右手弯成一把手枪，对着镜子，来了一个奇怪的动作。

第二天，日头刚刚爬上树梢，麦场就赶来了，电车的脚踏上放着一兜子菜。青辣椒、小白菜、荆芥、莙荙菜，还有黄瓜、番茄，全都是水灵灵的，挂着露珠。麦场说："姐，我在院子里种了好多菜，吃不完，捎给你，省得去买了。"

麦苗接过去，说："你这个巧木匠，还是个庄稼筋儿呀，菜种得这么好。"

麦场说："庄稼人啥都得会呀，没听说过吗？荒年饿不着手艺人，得会几招啊。"

麦场说着，折返身把大门关上，插上插销，就开始干活。

麦苗把暖水瓶提过来，还放了两瓶矿泉水，嘱咐麦场说：

"天热，多喝点水。"然后，借故喂鸡子，拉开插销，打开了院门，就没再关上。

"麦苗，请木匠打家具呀。"一个下地路过的大嫂问她。

"是呀嫂子，打一组柜子一张床，老家具都该换了。"

"光换老家具，可别换老家伙呀。"大嫂是个爱说笑话的人。

"想换呢，得遇着合适的呀。"麦苗也顺着往下说。两个女人叽叽呱呱地笑闹了一阵。

午饭，依然是有荤有素四个菜，麦苗还用麦场拿来的苦荬，洗了面筋，做了面筋菜汤，这是她的拿手好戏，轻易不示人的。

吃饭的时候，麦苗问："你媳妇是在本地打工，还是在外地呀?"

麦场说："在广州，给人家当保姆，过年了才能回来几天。"

麦苗说："都不容易，俺那位一年也就回来两三回，还急吼吼的。"

扎好框架，铺好内板，四面围板和柜门都是烤过漆的压缩版，螺丝一拧，合页一上，不到两天工夫，一组柜子就打成了。

这天临收工的时候，麦场喊麦苗过来，对她说："姐，我给你下的料都大，板材也好，这柜子，扎壮得很。来，你进到柜子里试试，压不垮，踩不塌，连晃荡一下都不会。"

麦苗两脚踏进去，感到真的结实稳当，连忙跳出来，说："谁没事儿往柜子里藏啊。中，活干得不错。"

这晚，木匠师傅麦场走后，麦苗又把柜子看了好几遍。这个巧木匠的活儿的确不错，细致，麻利，用心，让人挑不出毛病，这样的男人困在乡下，真是亏了他的成色。

躺到床上，回想起麦场让她试柜子的情景，微笑悄悄爬上了两颊，心里头像装有一罐蜂蜜在那里晃悠。麦苗刷抖音的时候，有很多的恶搞剧，都是男女偷情遇险，最后躲进柜子里，才免遭一劫。每次看完，麦苗都会评价一句："不要脸，胆儿真大。"

猛然，她又想起小时候看过的一出戏，叫《柜中缘》，好像是一个老婆儿带着呆呆傻傻的儿子出门串亲，留下闺女翠莲一人在家。翠莲正做着针线，突然听到敲门求救的声音，打开院门，看见门前站着一位落难公子，长得眉清目秀，膀大腰圆。一问，原来是抗金名将岳飞之子岳雷，正被秦桧派来的人追杀。翠莲连忙将岳雷藏于柜中，帮他躲过一劫。哪知翠莲的母亲出门走亲戚忘了钱袋，就指派傻儿子淘气回家去取。翠莲见哥哥淘气突然回来，又赶忙将岳雷藏进柜中，后被淘气发现。淘气将岳雷从柜子里拉出，兄妹俩饶舌斗嘴，吵吵闹闹，好不热闹。后来，老母亲返回，问明真相，知是英雄落难，遂将翠莲许配岳雷，玉成了人间一桩好姻缘。

"胡连八扯，胡思乱想，我这是咋了，头里像塞进去一团乱麻窝。"麦苗翻了个身子，还是没一点瞌睡。平常可不是这样，躺到床上，一条抖音刷不完，困劲儿就上来了，手机一扔，就入了梦乡。

思绪就像一只冲出栅栏的小鹿，活蹦乱跳的，怎么也唤不回来。麦苗想："那个木匠说，他媳妇一年才回来几天，那他的那个问题是咋解决的呢？都说三十如狼、四十如虎呢。"

好像是公鸡打鸣了，这时，她才迷迷糊糊地睡着了。

吃完早饭，麦苗淘洗了半碗绿豆，放进了电饭锅里，她要给他煮上一锅绿豆水。天气预报说，今天最高气温38摄氏度，那又是个下死力的主儿，弄不好，会中暑的。

麦场对她说，今天无早无晚，也要把这张床打好，改天订制的席梦思床垫一到，放上去，就大功告成了。

"真是个急性子，还急活儿。东边日头一大垛呢，慌个啥呢。再说了，老这样下去，对身子骨不好，老了会落下伤症。"麦苗想把这话说出来，努了几努，又咽到了肚子里。

午饭，饭桌上多了两个稀罕菜，一个切成瓣瓣的咸鸭蛋，淌着油。一个腌香椿，绿莹莹的，透着香。这两样东西，往年都是在收麦的时候才上桌的，那个时节人苦累、出汗多，吃这些，能在营养上做个补充。今年，才到麦口，还没开镰，麦苗就启了腌制的坛子，她想让那个叫麦场的师傅尝尝味道，品品她的手艺。

"姐，你的手真巧，谁娶了你，算是有了口福。"麦场一口酒一口菜地吃着，夸她。

"这算啥手巧呀，粗茶淡饭的。哪像你这巧木匠，方方圆圆的一堆木料，让你拼对得横是横、竖是竖的，还结实耐用。"麦苗托着两腮，笑意盈盈地看着麦场在香香地吃饭，自己却忘了动筷子。

傍晚，借着灯光，麦场把床头、床箱和床框组合到了一起，做成了这张木制大床。

收拾完工具，麦场抹一把汗，跳到床上，对麦苗说："姐，这床扎壮得很，两三个人在上面折腾都没问题，听听，一点声音都没有。"

麦苗脸腾的一下红了，心里头像在擂鼓，她轻飘飘地打了一下麦场的胳膊，说："你呀，干活中，就是不会说话，这床，有两三个人一块折腾的吗。"

麦场一下悟了过来，说："姐，我光顾夸我做的床结实了，没想那么多，说秃噜嘴了。别在意啊姐。"

麦场叮叮咣咣地收拾完东西，放到电车的脚踏上，说："姐，有啥不合适不好用的，给我打电话，我来修理。还有啥要做的家具，也给我打电话，包你满意。"

麦苗递过去一个塑料袋子，说："天太晚了，就不留你吃饭了，这你带着，我包的槐花包子，回去热热吃。"

麦场也没客气，接过去，说："谢谢姐，那我走啦。"嗡的一声，就钻进了暗夜里。

床和柜子全打好了，今天，那个叫麦场的师傅是不会再来了。可他的身影他的气息似乎还在，他用过的水杯，扔下的烟头，还有茅厕里他尿尿时滋出的那个泥窝窝，都还在。吃饭的时候，那人似乎还坐在对面，呼呼噜噜，吧吧唧唧，像饿死鬼托生的一样，可有生命力。

要是钱够，她真想打电话给他，要他再打一张梳妆台，一对沙发，那样下来，还要好几天。可她知道，这些只能是想想而已，不光是钱不凑手，时间也不允许，眼看着就要收麦子了。

惆怅和落寞纠缠在一起，让她没滋没味地熬过一天。第二天，麦苗还是没能忍住，找了个理由给麦场打电话。她说："你打的柜子结实是结实，扎壮也可扎壮，这柜门的锁咋不好开呀。"

麦场说："不应该呀姐，我配的都是好锁，你可能是不得法儿，没找到窍门儿。这样吧姐，你把视频通话打开，我指导着你开。"

麦苗点开了视频通话，看见麦场的脸有些变形，整个看来，像是架子上吊着的一个葫芦，还左晃右晃的。自己在他那边是个什么样子呢，会不会像个南瓜，猪不啃的南瓜。想到这里，麦苗笑了，很开心。麦场说："傻笑啥呢姐？快把镜头对着柜锁，我给你说咋开。把钥匙轻轻插进去，别猛捅，新锁，需要磨合。感觉插到了底，用左手轻轻按着柜门，用右手往右边拧，听到咔吧声，用力一拉，就开了。"

麦苗的手软软的，用不上劲儿，照着麦场指导的步骤，好不容易打开了柜门，虚虚的，冒了一身的汗。麦场话里的那些动词，她竟在有意无意间赋予了一些特殊意义。

挂了电话，麦苗说："傻家伙，傻得一点儿不透气。锁，我都不会开？逗你玩呢。"

再也没理由给他打电话了，可还是想见他。咋办呢？电视里不是说啦，有条件要上，没条件，创造条件也要上。她不记得这是说啥事情的，但这话管用。对，创造条件。

麦苗又给麦场打电话，问他："明个你忙不忙？"

麦场说："不算太忙，有事啊姐？有啥事儿你说。"

麦苗说："听说县城新开了个楼盘，价钱也不高，想请你陪我去看看。你经常往外跑，搞过建筑，眼光好，有见识，叩过大盘儿荆芥，给参谋参谋呗。"

麦场说："谢谢姐信得过我，甘愿奉陪。这样吧姐，明儿天早八点，在镇上的汽车站搭车，不见不散，咱早去早回。"

麦苗说："中，早八点见。"

在县城买房，只是麦苗两口子的一个想法，或者说是远景目标。如今，乡下人娶媳妇，都要县城有房子呢，他们拼命挣钱攒钱，就是给还在上学的儿子铺路子，将来娶媳妇不作难。可眼下，离攒够买房子的钱，还有十万八千里呢。

麦苗已计划好了明天的行程。八点坐上车，九点多就到了。

先去看楼盘，买不买，多一些了解总是没错的。看完，找个干净点的餐馆吃饭，吃饭的时候，对他说，为了答谢他，请他看一场电影，有好多年没进过电影院了。

第二天快八点的时候，麦苗就赶到了镇上。麦场来得更早，正立在汽车站大门口翻手机呢。看见麦苗，说："姐，你吃饭没有？那边有小吃店。"麦苗说："日头都蹦到树梢上了，还能没吃饭？吃过了。"

坐上车，他俩挨肩坐着，一时间没找到话题，感到格外局促。

"姐，准备买多大面积的房子？"麦场起了话头。

麦苗没顺着他的话往下说，问他："你一口一个姐地叫我，咱俩到底谁大呀？我得跟你掰扯掰扯，论个大小。你属啥？"

麦场说："我数虎。"

"那你是哥呢，我属大龙，你大我两岁呢，还管我叫姐，我有那么老吗？"

麦场挑起嘴角，憨笑了一下，说："南京到北京，叫姐是高称嘛。"

"改口，叫我妹妹。"麦苗有些撒娇地说。

在县城的售楼部，在售楼小姐的引导下，他们看过沙盘，又参观了装修好的样板间，然后以"回去再商量商量"的理由离开了。

一家临街的小饭馆，门脸儿不大，收拾得干净利落，怪温馨。选定位置，他们点了两荤两素四个菜。麦苗还给麦场要了一瓶半斤装的酒。她在电视上看过这个酒的广告，广告词说："多喝××酒，他好我也好。"很暧昧。

酒刚打开，突然响起一阵歌声："我在仰望，月亮之上……"惊得一个屋子的人乱扭头。

是麦场来电话了。对方的声音很大，是个女的。

"麦场，是麦场吧，你在哪儿呢这会儿？"

麦场说："我来县上了，进点料。"

电话那边却突然哭了："麦场，我想回去呢，不想干了。呜呜，我想孩儿们，也想你，我真的不想在这干了。自己的孩儿不能管，自己的男人不能陪，见天儿低三下四地伺候人家，还掏力不落好。我打算回去了，不干了，坚决不干了，呜呜。"

麦场说："咋了这是？是不是碰到啥不顺心的事了？别哭，别哭，有话好好说。要真不愿干下去，回来也中。"

那边还在哭："我想家了，想孩子了，也想你了，我真不想在这干了。"

麦场感到一时劝不住，说："我正忙着算账进料呢，先这样，晚上我打给你啊。"就先挂了电话。

这个电话，就像是一桶凉水，兜头泼了下来，他俩原本的那点兴致，似一堆刚刚燃着的炭火，瞬间被浇灭了。刚刚还闻着香香的菜，吃起来如同嚼蜡。下午要看电影的事，麦苗也没再提起。他们把剩了好多的菜打了包，就直接去了汽车站。

与麦场分手后，麦苗顺路拐进了自家的麦田。

五月的日头火辣辣的，五月的风热乎乎的，在它们的催促下，原本还是青黄色的麦田，眨眼间就变成了金黄色，挺直的麦穗也害羞似的低下了头。麦收时节，灿烂的阳光下，站在麦田里，仿佛能听到一首首雄浑壮阔的奏鸣曲，那是乡村最美的乐章。

小麦，这一在中原大地上生存延续了几千年的古老农作物，以它生命旅程中的绿色、黄色，乃至变成面粉后的白色，共同构成了小麦不同时期的主色调，也显示了其生命底色中的平凡与质朴、恢宏与博大、顽强与奉献。庄稼人喜欢麦子，麦子也喜欢庄稼人，人们和麦子在数千年前就结下了骨肉相通、心性相连的不解情缘。

麦苗常听老辈人说，麦子最仁义了，只要你舍得出力流汗，按时把种子撒播到田地里，它就绝不会辜负你、欺骗你，即使遇到大旱或者高寒的年景，春天一来，它会顽强地从死亡中站起来，为需要它的人活过来。其实，庄稼人对麦子也是掏心掏肺地疼爱，他们把最好的肥料撒进麦田里，施肥、锄草，把最多的汗水浇灌在麦田里。犁铧开处，就有麦浪滚滚，就有丰收的讯息。

回到家，麦苗浑身像被人抽了筋骨，整个人软塌下去。扑倒在床上，竟也呜呜咽咽地哭了起来。

在这个麦口，这个木匠师傅麦场，带给她一种久违的感觉，让她每天都置身于快乐和幸福之中。在那有限的几日里，她又找回了只有夫妻才能过上的小日子。男人下力干活，女人洗衣做饭。小院里，槐树下，一张小方桌，两只矮凳子，俩人相对而坐，说说庄稼，谈谈天气，这庸常平实的人间烟火，曾是麦苗对婚姻和日子的全部向往。可如今它在哪儿呀？为什么从来就没有出现在自己的生活里？

她没想和这个麦场师傅真的发生点什么，可她舍不得他带给她的那种感觉。

晚饭，她也懒得吃，又倚靠在床头刷抖音。

"老表，你家的麦子帮你收了，可顺当，天也好，收割机收完，在地里就手把麦子给卖了，总共卖了 1800 块，付罢收割机的钱，弟兄们吃吃饭，泡泡澡，唱唱歌，拢共花了 2400 多。零头也不要了，都是亲戚咧，你再转给我 600 块就中了。"

这是一个关于农村收麦的小视频，麦苗看了，却没有被逗笑。

正刷着，来了视频电话，画面晃荡得像刮风。晃得轻的时候，麦囤出场了，光着膀子，脸黑瘦黑瘦的，头发很乱，像卧着个刺猬。现场闹哄哄的，好像是在工棚子里。

"还没睡哪，媳妇。"

"没有呢。你们在干啥，又聚在一起喝酒呀?"

画面里立马出现了一个光肚子酒瓶，还配音说："嫂子，不喝酒弄啥? 想弄的事儿也弄不成啊。"

画面又摇回来，麦囤的脑袋开始在那里晃悠。

麦苗说："看着你又瘦啦，瘦成猴了。不会弄点好的吃吃呀?"

里面又起哄："麦囤这货，抠完屁股嗍指头，抠门得很，要攒钱给你孩儿在城里买大楼呢。"

麦囤扭头呵斥："嗍住吧，不说话没人当哑巴卖你。又转回来说，别听他瞎扯淡，我好着呢，能吃能喝的。"又说，"媳妇，麦子快该收了吧，今年我们就不回去了，这边儿要赶工期。你租台收割机，收罢，在地头就手卖了。"

麦苗说："你人不回来，也只能这样了。"

"那就辛苦你了媳妇。后天，这月的工资发了，我转给你。"

临睡前，麦苗找到那个电话号码，盯了好一阵，删除了。她不敢与他再唠扯下去了，她怕将来会管不住自己，当不了自己的家，做出不该做的事情来。

麦熟一晌。

这天吃过早饭，麦苗要去看麦子，好确定收割的日子。

她沿着幽幽曲曲的田间小埂，走向麦田的深处。脚边，翻卷的麦浪连天涌动，摇曳的麦穗吐出笑语盈盈。摇动的心旌，撩起已经搁浅的心事，她竟有了田野放歌的冲动："远处蔚蓝天空下，涌动着金色的麦浪。就在那里曾是你和我，爱过的地方。当微风带着收获的味道，吹向我脸庞，想起你轻柔的话语，曾打湿我眼眶……"

麦苗非常喜欢这首歌。她还知道，这歌儿，那个叫孙俪的唱得最棒了。

（原载《奔流》2022 年第 3 期）

家　园

　　早六点，手机闹铃准时把家栋喊醒。伸展一下腿脚，他便麻利起床。上厕所、刷牙、洗脸，这一套下来，也才用时不到五分钟，之后一头扎进厨房，给一家人准备早餐。

　　把父母从老家接来后，他们已是五口之家。清晨起床后，老婆舒亚除了完成自己一套洗漱化妆程序，还要照顾女儿起床穿衣、洗漱打扮。母亲则要负责父亲的饮食起居，一应事项。父亲卒中多年，生活已不能自理。

　　家栋是家里的独子，毕业后留在省城工作。去年，"首付"了一套住房后，他和舒亚商量，想把老家的父母接到身边，也能替换母亲照顾长年卧床的父亲。开始，母亲不愿意来，说自己身体硬朗朗的，照顾得了。再说，待在乡下习惯了，住在城里不适应，过得不会舒坦。家栋和舒亚好说好劝，又搬来了邻村的老舅，勉强说通了母亲。

　　家栋居住的小区紧挨着古城墙，有建筑物限高的规定，小区的楼房一律五层，不带电梯。家栋的房子在四层。

　　那天搬进来，刚安顿停当，母亲立在阳台上张望远处。古城墙外，有一处正开发建设的楼盘，刚起了水泥框架，挤挤挨挨的，林立着。母亲问家栋："那就是要盖的大楼啊？一排排的，像代销点里的货架，人站进去，就成了一瓶酱油一瓶醋。"

家栋顺着母亲的目光看过去，那些还未建成的楼房，远看还真像货架子，他告诉母亲："等砌了墙，装修好，就和咱住的房子一个样了。"母亲说："住楼房有什么好，爬高下低的，没个家园的样子。"家栋安慰母亲："等住习惯就好了。"

家栋知道，母亲还是喜欢老家的那处院落。在村里，他们家的院落是数一数二的，那是父母一生辛劳操持置下的家业。那处老宅有七分地大小，是个典型的乡村四合院，还有高头门楼、朱漆大门，气派得很。在这方面，父母的想法出奇地一致：修房盖屋，有里有面，泽荫后辈，光宗耀祖。只是，家栋对这些打小没有兴趣，逃离乡村和院落，是他开始念书时就有的志向。

因而，这些年乡下的那处深宅大院，少了生机，多了落寞。

小米粥、热鲜奶、馒头、面包、豆腐乳、咸鸭蛋、苹果酱，老少口味的饭菜都准备停当，家栋去喊母亲吃饭。

母亲像是刚起床，捧着热毛巾在擦脸。她告诉家栋："昨儿个上半夜，你爹哼嗨哼嗨地睡不着，这儿不舒服，那儿不得劲儿的，折腾得我到下半夜才睡着，这就起晚了。"

母亲说着，把父亲的手从被窝里拉出来，要用热毛巾给他擦洗。"哎呀，你爹的手咋扎骨头凉啊？"说着，又去翻父亲的眼睛。

"栋啊，你爹走了。"母亲手里的热毛巾掉在了地上。

家栋没有显得特别难过，对父亲的离世，他似乎有着一定的心理准备。他把父亲的手轻轻地放回到被子里，就如平时给父亲掖被角一样。又将被头慢慢拉上去，覆盖住父亲的脸。然后，扑通跪下，额头着地，磕了三个响头。走出去，拿起电话，开始联系相关治丧事宜。

这时，舒亚拉着女儿跑来父母居住的房间，响起高高低低的哭泣声。

家栋拨通了三哥的电话，告诉他父亲凌晨时分病故了。三哥好像还没起床，听声音恹恹无力的。三哥打着哈欠安慰家栋："放心吧兄弟，我这就给殡仪馆打电话，让他们尽快派车。灵棚、纸活、孝布、响器班，我全部安排上，你就负责照顾好老娘就行了。"临挂电话，三哥说，"节哀呀兄弟，我这就赶过去。"

三哥是家栋结识的一个拐弯朋友，喝过几次大酒。他开着个人生大事文化礼仪公司，给人搞婚丧嫁娶一条龙服务，从中牟利，是个场面上混的人。他的大名鲜有人知，都喊他三哥。

这时，母亲也镇定下来。勉强喝了一小碗小米稀饭后，对家栋说："栋啊，去给楼下的住户挨家磕个头，报个丧，一个楼道住着，这是应有的礼数。"

家栋知道这个规矩。在老家，谁家有了丧事，作为孝子，都要给街坊四邻挨家挨户磕头报丧，这样一来，事儿就办得顺当，不会有人挑理儿找碴儿。

家栋嘟囔了一句："城里不兴这个，还是算了。"

母亲不依："去吧孩子，一个楼道住着，报一下好，礼多人不怪。"

家栋拗不过母亲，他知道母亲一辈子是个最讲礼数和规矩的人。

打小，母亲就给他讲一些生活中的"老规矩"，让他懵懵懂懂时就记住了很多的"不能"："不能说话晃荡腿""不能看人斜

楞眼""不能拿筷子敲碗""不能见人说瞎话""不能看见哑巴打
哇哇"。起初，家栋弄不明白，更不理解，这也不能，那也不能，
哪里来的这么多规矩。长大后他才知道，母亲唠叨的这些"清规
戒律"，是教养，也是礼数。

母亲不光讲礼数，还看重邻里情分。家栋记得，他们家最早
有了一台缝纫机，帮村里人裁缝衣服，母亲从来不收人家一分
钱。有的人家过意不去，差孩子送来一些鸡蛋鸭蛋，母亲也总是
坚辞不受。有的兜来几个自家蒸的窝窝头，以示感谢，母亲收下
后，再把自己蒸的馒头同等数量地回敬给人家。母亲蒸的馒头好
吃，又白又大又暄腾。每每见到这样的情况，父亲就会打趣母
亲："你呀，尽干些拿仞狗换母狗的蠢事儿。"意思是用好东西换
回些孬东西。母亲说："千年搁街，万年搁邻，邻里相处头皮要
厚实，谁家也不能门朝天过。"

那些年，每到年初一，村里好多人穿着母亲赶做出的新衣
服，过来给母亲拜年，母亲拉拉这个的衣角，扯扯那个的衣袖，
疲惫而欣慰。母亲还谦逊地问他们："也不知道合不合身，凑合
穿吧。"其实，母亲做衣服很细致，看见有的针脚歪了斜了，母
亲不嫌麻烦，拆了重做。母亲说，人家置个新衣裳不容易，穿着
不合适不好看，对不起人家。拆了重做，也就是多熬一会儿眼的
事儿。

街坊四邻，谁家娶媳妇嫁闺女，或是殡葬老人办白事，母亲
带上自家的缝纫机，帮裁剪，帮缝纫，有时做嫁衣，有时做送老
衣、孝衣，连人带机器，一忙就是好几天。看到人家事儿办得排
场、顺当，母亲就非常满足。

在老家，有一种花，开得低调朴素，那是枣树开花。她花稠

如繁星，返璞归真，不娇不艳。她花叶一体，互映互衬，浑然天成，透出低调的大气，朴素的高雅。她飘出淡淡的香气，不认真去嗅，似乎就觉察不到，是一种暗香，如花叶一样内敛，不事张扬。有时家栋就想，怪不得母亲的名字叫枣花呢。

家栋在城里工作后，有次回家，坐着鳖盖儿车，屁股一路冒烟地开到了家门口。母亲迎出来，见家栋衣帽整齐地正从鳖盖儿车里钻出来，立时拉下了脸。

进得院门，母亲对他说："孩儿呀，以后回来，可不敢这个样儿了，兜里多揣几盒烟，到了村口就下车，见人就问好，见了男人就敬烟，吸不吸的都让到，这是规矩，也是礼数。"

这天吃饭的时候，母亲"以案说法"，给他讲了邻村一个人的故事。那人在县上的公安局上班，每次回家，开着摩托车一路狂奔，突突突，一直开到堂屋门口才停下，傲性得很。后来，他爹下世，殡葬的时候，村里的青壮劳力都找理由躲出去了，没有帮忙抬棺打墓的。无奈，这人只好把他老父亲就地掩埋，葬在了自家院子里，好好的院落，成了坟场。

最后，母亲总结道："老话说，啥东西大了都值钱，就人大了不值钱。"

这以后，家栋回来，按照母亲的叮嘱，到村口就下车，徒步进村，一路寒暄，一路敬烟，赢来了好口碑。

这样的言传身教、耳濡目染，让家栋成了一个温顺善良、知书达礼的好孩子。以后，不论是在学校，或是在工作单位，他的沉稳内敛、与人为善，有口皆碑。几分斯文，几分儒雅，还有几分怯懦，构成了一个个性鲜明的家栋。

眼下，面对人生中的第一次家庭变故，家栋温良的性格已然作祟，他还是依了母亲，整理一下身上的衣服，开门下楼了。

不一会儿，家栋回来了，脸阴沉得能挤出水来。他埋怨母亲说："礼多人不怪，礼多人不怪，这下好了，礼多成了多事。"

家栋下楼挨家敲门磕头报丧，几户人家都表达了慰问，要家栋"节哀顺变，保重身体"。到了二楼东户，出了岔子。这户人家后天儿子要结婚，说家栋家移尸火化，不能从他家的楼道门口过，喜事遇见丧事，会有晦气，将来孩子的婚姻一辈子不幸福。那家人还说，要过也可以，三天以后，等他家儿子办完婚事。

"这什么浑蛋逻辑，楼道是公摊的，公共空间，他们凭什么？"家栋从来不会骂人，却也忍不住了。

母亲听了，叹道："死者为大，这道理他们都不懂吗？"

正说着，三哥到了。问明情况，三哥说："殡仪馆的车已经停在了楼下，不让过咋行，我去会会他们。"说着，冲了出去。

二楼的楼道口，这家的女主人搬出一把椅子，开始坐挡楼道，摆出"一夫当关"的架势。这女人身材滚圆，有横没竖，满满的滚刀肉气质。

三哥见状，气血上涌，一脚下去，踢断了椅子腿，胖女人应声歪倒，半扇肥硕的屁股重重地砸在地上，撒起泼来："打人啦，邻居打人啦。"这时候，户门猛然打开，几个男人捉刀握棒，虎目圆睁，一起扑向三哥。

三哥毫无惧色，对他们说："要是不打算办喜事，来吧，拿刀砍吧，随便哪里都行。"三哥说着，还朝他们伸了伸脖子。正僵持着，家栋和母亲跑下楼来，又拉又拽地把三哥叫回了屋。

这当口，殡仪馆的人也跑上楼来。他们劝三哥："人不能跟狗狭气，干我们这行的见多了，不稀罕，这样不通情理的大有人在。放心吧，会有办法的。"

几个人屋里屋外地转了几圈，拿出了一个移尸方案：遗体装袋后，用布条捆绑在担架上，然后用绳子捆住担架两头，从四楼过道的窗户慢慢放下去。

殡仪馆的人说："这法子我们用过，安全稳当，好在楼层不算太高。"

三哥征求母亲的意见："大娘，这法子你看行吗?"又说，"要不是大伯热丧待祭，我非跟楼下的挺到底不行。"

母亲的脸木木的，透着无限的悲戚。她担心节外生枝，生出祸端，只得息事宁人。她朝三哥点点头，算是同意。

家栋让舒亚把母亲搀扶到他俩的卧室，然后同三哥和殡仪馆的人一起动手，装殓父亲。

楼道里的两扇窗户打开后，绑着父亲遗体的担架在一点点移出窗外。猛然，响起一声凄厉的哀号，穿心透骨："栋他爹，躲碰，躲碰，一路走好啊。"母亲郁结的情绪终于爆发。

看着伤心欲绝的母亲，家栋再次跪下。三哥俯身去拉家栋，双臂战栗，面色铁青。

下楼经过二层的时候，三哥给那家人撂下一句话："等着，我不信我当兽医的治不死驴。"

在灵车前燃着一沓黄表纸，家栋和舒亚一起三叩首，起身，目送父亲的灵车缓缓驶出小区。

第三日，家栋和舒亚带上女儿，一大早就赶去了殡仪馆。今天是父亲火化的日子。

送走他们，母亲半卧在床上伤心流泪。"栋他爹，怨我，我不该把你带到城里来，让你死得这样窝囊，这样不体面。老天爷呀，俺老两口一辈子对人好，做善事，怎会落个这样的下场，不是说人在做天在看吗？老天爷，你是睡着啦？喝醉啦？还是害上眼病了？你咋不睁开眼看看啊？咋会让俺们遇上这样的邻居呀？"

正念叨着，楼下忽然响起戚戚哀哀的唢呐声，还有人的吵吵声。母亲颤颤巍巍地下了床，走到窗户前，看到一楼楼道口前，分列着两支唢呐队，他们头扎白布，摇头晃脑，起劲卖力地吹着。在他们的身后，还摆着两排大大小小的花圈。那厢，背手的，抱膀的，站着二十几个精壮大汉。

人群里，母亲看到了那个叫三哥的人，一脸的杀气。母亲看明白了，今儿个是二楼那户迎亲的日子，那个叫三哥的人是在借丧闹喜，故意晦气人家呢。

母亲手忙脚乱地穿戴好衣服，忙慌着走下楼去。看见头发凌乱的母亲，三哥急忙迎过去："老娘，你怎么下来了？"母亲一把攥紧了三哥的手，把他拽到能听清说话的地方，对他说："孩儿啊，兴人家不仁，不兴咱不义。快把人撤走吧，一会儿人家就要迎亲了。"三哥说："老娘您别管，这口恶气不出，我吃喝都不香。他们也不打听打听，这条街上，有谁敢驳了我老三的面子。"老娘说："孩儿呀，为了俺家的事，让你受了委屈。看在我是个老人的分上，快把人撤走吧。孩儿，求求你，俺给你跪下了。"

见母亲下跪，三哥慌了，他连忙跪下来扶起母亲，对他说："老娘，快起来，我听你的。"

三哥朝人群摆摆手，唢呐声戛然而止，人群呼啦一下撤出了小区。不久，礼炮声、喜庆的锣鼓声，一股脑涌进来。这一会儿哀乐，一会儿礼炮的，把小区里看热闹的人给弄成丈二和尚。

丧事从简，只简短地举行了一个遗体告别仪式。下午，家栋把父亲的骨灰盒抱回了家。按照母亲的想法，到了"五七"的时候，他们一块回去，把父亲葬在老家的祖坟里。

接下来的几天，母亲整宿整宿地睡不着觉，饭量也一天天减少，走路都有些发飘。家栋知道，父亲没有尊严的发丧，是母亲挥之不去的痛，她为此一直耿耿于怀。她积攒一生的善因，却没有结出善果，得到好报，内心充斥着满满的愧悔、怀疑和不甘，这些情绪上下翻滚、左冲右突，搅动得她寝食不安。

这天，家栋去送女儿上学的时候，母亲把孙女拉过去，搂在怀里，亲不够的样子。这些日子，母亲爱动感情，眼窝子总是潮潮的。母亲对孙女的亲昵，家栋和舒亚并没有觉得异样。他们哪里知道，母亲是在以这样的方式，跟自己的孙女做最后的告别。就在他们一家三口离开家门不久，母亲不辞而别，抱起父亲的骨灰，独自回了老家，且拿定主意：这辈子再也不来城里了。

下了汽车，已是后半晌。一踏上阔别多日的乡村故园，母亲悬悠着的心一下子落了地，顿感神清气爽，脚下生风。她要把老伴带回家，和他一起住进魂牵梦萦的那座四合院，每天陪着他看日出日落、花开花谢，听鸟鸣鸡叫、羊咩牛哞。

秋日正浓，雁阵背着夕阳，在纤尘不染的天上翩然飞翔，扇动的双翅，让阳光的金黄，洇染了水边的芦花。爽爽的秋风里，灿灿的日光下，全是农家忙碌收获的影子。火红的辣椒，金黄的玉米，雪白的棉花，在地头，在场院，堆起来，摊开去，绘就一幅七彩的"晒秋图"。母亲想，这里才是自己的日子，自己的家园。待在这里，才踏实，才舒坦。

穿过一方玉米地，就要看见村庄了。然而，眼前的一幕让母亲惊呆了：村庄成了一片废墟，看上去，像是刚刚经历过一场超强地震。她家的四合院呢？也湮灭在了那一大片废墟里。

这时，一台黑色轿车停在了母亲身后，下车的是村民委员会主任茂才。问起村庄的事，茂才告诉母亲："整村搬迁，建新型农村社区，各地都在搞。看见那片楼没有，好几个村的人都要住进去。怎么，签拆迁协议的时候，家栋兄弟没告诉你呀？"

母亲抬手搭起望眼，看见那些"货架子"又一排排摆在了长满庄稼的地里。

这时候，茂才已拨通了家栋的电话，埋怨他："这么大的事，也没跟叔叔婶子商量一下，你心可真够大的。"

家栋在那边解释说，没告诉他们，是想让他们在城里安心养老，也是想断了他们回去的后路和念想。直到这时，家栋才知道母亲悄悄回去的事情。他告诉母亲："妈呀，您先到茂才哥家歇一会儿，我这就开车接你去。"

泪，一滴接着一滴，洒落在母亲怀抱着的骨灰盒上。母亲说："他爹，咱庄没了，咱的四合院也没了，咱回不去家了，咱没家了，没家了。"

啊——啊——啊。夕阳里，一只掉队的孤雁哀鸣着，向着昏黄的远空飞去。

朱光里的妈妈

赵月娥走进儿子朱光里的房间，见儿子在床上趴着，睡得正香。她轻手轻脚走过去，揭开覆在儿子身上的小被子，看到儿子粉嫩嫩的小屁股上泛起好几道血印子，渗出的血，一粒粒凝结在那里。

肯定是儿子上半夜疼得就没怎么睡觉，这会儿才睡得这么死，这么香。这样想的时候，赵月娥心疼得泪一颗一颗往下掉，像滴漏的水龙头。害怕哭出声，惊着儿子，她把两只手叠合着捂住嘴，脖子却一伸一缩地扭曲着，上半身，剧烈地抖动不止。

"儿子，对不起，是妈没控制住，下手太重了。是妈不好，是妈对不起你。好儿子，乖儿子，原谅妈妈，好吗？"她在心里一遍一遍地默念着、乞诉着。

昨晚，例行检查儿子的功课，在家庭作业上签字，她发现儿子朱光里这次的期中考试数学才考了 62 分，勉强及格。翻查儿子的书包，在一个夹层里竟找到一部半新的手机，打开，手机页面是一款游戏。

赵月娥的头先是嗡的一声，大了，接着就腾蹿起熊熊的火苗。

啪，手机被摔碎。赵月娥问："说，手机啥时间买的？哪儿来的钱买的？"

这时，朱光里小脸煞白，他被妈妈的震怒吓傻了。他说："过罢春节，买的，用……用的压岁钱。"

赵月娥正准备包饺子，转身，拿了擀面杖过来，把儿子朱光里按压在椅子上，对着儿子的屁股夯起来，一下一下，捶布一样。朱光里是个执拗的孩子，趴在那儿，不哭喊，不求饶，好像挨打的是别人。这更激起了赵月娥的怒火，噌噌的，压不住。

打孩子，打屁股，其他地方不兴打，赵月娥从小受到过这样的教育。

在这座城市里，她和儿子相依为命。这间屋子，出来进去，只有他们娘俩，连个劝解的人都没有，又碰上个挨死打的主儿，赵月娥终是住了手。就势，一屁股蹲坐到地板上，号啕起来。

两年前，离开朱屯镇，赵月娥带着儿子朱光里，定居在了距家60里外的汴梁城，目的只有一个，就是要让儿子在城里读最好的小学，接受最优质的教育，就像人家说的，不能输在人生的起跑线上，不再重蹈父母悲催命运的覆辙，将来能奔个好运程。

赵月娥原来是镇小学的代课教师，每天带领拖着鼻涕的孩子唱读"鹅鹅鹅，曲项向天歌"，从20岁教到30岁，也没弄到一个转正指标，活得蔫头耷脑的。丈夫是个本分的农民，恋家，也恋她，不愿出去打工，就在家门口做事、创业。包过地，赚到了掘力，没赚到钱。办过厂，没挣到钱，反欠了一屁股两肋的债。后来，觉得自己不是做大买卖的料儿，就脚踏实地做事，在村头养了几千只鸡，有肉鸡，也有蛋鸡。

那天，月娥在去学校的路上，顺便拐进养鸡场。一进去，就看见丈夫蹲在鸡棚前发呆。鸡棚里，一群鸡东倒西歪地躺着，伸着长长的脖子。有一只鸡，还在顽强挣扎，原地转了几圈后，蹬蹬腿儿，倒下了，扑棱棱，扇几下翅膀，脖子一伸，吐出一缕黏液，死掉了，很是悲壮。

"妥了，用不两天，就死净了。"丈夫没看她，像是自话自说。

月娥没说话，扭头，走出了鸡场。

春节，赵月仙回来了。她是月娥的本家妹妹，还是好闺密。月仙初中毕业后就去城里打工了，如今是汴梁城一家房地产开发公司的财务总监，年薪制，据说每年能拿到100多万的薪水。

前些年，月仙一回家，就忽悠月娥进城，说凭月娥的自身素质，混得不会比她差。那时候，月娥嘴里吊着一根鸡骨头，食之无味，弃之可惜，对月仙的忽悠也就似听非听。

月仙薄嘴唇，说话快，焦麦炸豆的样子。她说："有的人，活一辈子，就是一辈子。有的人，一辈子，能活出好几辈子。这话你信吗？反正我是信了。在城里头过日子，吃的、穿的、住的、坐的、看的、享用的、经见的，那日子的质量、宽度、厚度，可不就是我们乡下人好几辈子的容量吗？"

月娥知道这套"浑蛋理论"都是月仙喝酒应酬，在饭桌上听来的，就回呛她："有坐轿的，就得有抬轿的，有骑马的，就得有喂马的，能一样吗？都去骑马坐轿，谁来抬轿喂马呀。快滚回你的汴梁城，过你骑马坐轿的好日子吧。"

月仙说："你呀，就是块粪坑里的石头，臭硬。"

月仙这回回来，开了一台宝马，红得满街筒子亮眼。发髻上、耳垂上、脖子上、手腕上、指头上、撸起的脚脖子上，插着、吊着、套着、戴着样式各异的金银珠宝，一走路，晃晃悠悠，像一架移动的风铃。

说起鸡场倒闭的事儿，月仙说："那些鸡，死了倒好，不死，也挣不到多少钱，到了，落个瞎忙活儿。算了，别在乡下养鸡了，带着孩子，跟我到城里'鸡娃'吧。"

"鸡娃？啥意思呀？"

"快跟我走吧，再待下去，你就待傻了，成出土文物了。"

听月仙絮叨半天，月娥才弄清这"鸡娃"的意思。如今城里人在子女的教育上，肯下功夫，肯投入，从小就给孩子打"鸡血"。学区房，市重点，学前教育学外语，读了小学上奥数，补习班、强化班、兴趣班、特长班，挤扁头把孩子往里塞，这种"鸡娃教育"一直延续到境外游学、出国留学，直到孩子功成名就，成为人中龙凤。

这晚，月仙走后，月娥躺在床上翻起了烙馍，左翻右翻地睡不着。是啊，儿子朱光里眼看就该上小学了，再这样熬磨下去，就把儿子熬荒废了，自己的这辈子似乎已经一眼看到了头，难不成要把儿子也熬成"农二代""穷二代"吗？

睡不着，赵月娥索性坐起来，倚靠在床头想心事。天麻麻亮的时候，月娥把丈夫推醒，对他说："我打算把镇街上的那几间门面房卖了，带着儿子去城里租房子住，让儿子到市里上学读书。"

丈夫眯着眼，似醒非醒的样子，问她："学校那边咋办？"

"辞了，就是将来有机会转正，我也不想等了。再等，就把儿子也给耽误了。"

接连的创业失利，丈夫已失去了一个男人惯有的血性，变得心灰意懒、唯唯诺诺了。他说："我这就去贴出售告示，趁着好多有钱人回家过年的当口，好出手。"

租房的事儿，有月仙帮忙，很快就搞定了。接下来的一段时间里，月仙安排月娥在他们公司一边上班，一边一块跑朱光里上市重点小学的事，确保暑假过后能正式入学。

不巧得很，今年的小学招生政策突然收紧，往年花钱就能办成的事情，愣是没了指望。上面要求，严格按辖区划片招生，户口本和房产证、身份证、结婚证，需要几证对照。

始料不及，难为得赵月仙头上直冒小人儿，一个劲儿地说："还得想法子，还得想法子，活人不能让尿憋死。"

看见月仙着急忙慌的样子，月娥只是叹气："唉，命，都是命，命里没有难强求啊。"

不得不承认，赵月仙的脑瓜子就是好使。她想到了一个金点子。

那天，月仙开着她的宝马车，拉着月仙，去了那所市重点小学，找到了戴着宽边眼镜的任校长。月仙介绍说："这是我们公司的赵月娥总经理，我就是赵月仙，是她妹妹，也是公司的财务总监。"

任校长伸出手，对月娥说："您好赵总，很高兴认识你，也谢谢你对学校、对教育工作的关心和支持。"

月娥微微颔首，把一张名片递过去，说："任校长好，久闻大名。"

在学校的小会议室里，月仙对任校长说："我们公司这几年经营形势非常好，开发了好几个楼盘，卖得很火。这不，梦华城一开盘，立马售罄。我们赵总呢，当过几年老师，对学校教育情有独钟，打算在咱们学校出资设立'赵月娥奖学金'，资助贫困学子，奖掖优秀学生。今年呢，先期注资 20 万，具体如何使用，由校方制定方案，自主支配。"

任校长听完，主动从座位上站起来，走到赵月娥面前，与她握手，连声说："谢谢，谢谢赵总。"

赵总说："也应该谢谢你们，帮我圆了一个梦。"

打学校出来，赵月仙把车停在路旁，俩人你瞅瞅我，我瞅瞅你，突然就笑爆了，笑得直捂肚子。月仙说："姐，你可以参评今年的金鸡百花奖了。"

六一那天，校方举办了隆重的"赵月娥奖学金"设立启动仪式，赵月娥穿着得体，戴着红领巾，端坐在主席台上。看着台下列队整齐的孩子们，她认为这笔钱花得值，虽说掺杂着个人的一己之私。

仪式结束后，孩子们开始表演节目，一个小姑娘唱的《烛光里的妈妈》，声情并茂，让赵月娥从兜里摸出纸巾，擦了好几次泪。

回来的路上，月仙说："《烛光里的妈妈》，这歌儿，这场合，就像是为你量身打造的一样，超燃。"

赵月娥没说话，似乎还沉浸在某种情绪里，不能自拔。

后来，当听说赵总的儿子朱光里想到这所学校就读的时候，不光校长，所有的人都认为，这是件顺理成章的事情。

赵月娥也开始给儿子打鸡血了。晚托班、补习班、兴趣班，一个都不能少。周六周日，儿子朱光里不是在辅导班上，就是在去辅导班的路上。来市里好多天了，一个公园也没去逛过。妈妈说："不慌，有机会去。学习搞好了，别说公园，北京、上海、纽约、伦敦、墨尔本，都能去，明白这个道理吗，儿子?"

可是，儿子就像是她抓在手里的一捧沙子，攥得越紧，漏掉的越多，给她的失望越大。如今竟偷偷买了手机，沉湎游戏，学习成绩一落千丈。

就在这天的下午，丈夫突然打来电话，说："今年上面来了政策，所有符合条件的代课教师都入编转正，你呀，白白辛苦了十几年，该摘果子的时候离开了，可惜了。"赵月娥听罢，沉默了一阵，就把电话挂了。一时，心里头像是在酿醋，酸得不行。难过一阵后，她又开始自我安慰，自己做出这样的选择，全是为了儿子朱光里，这种牺牲，这种付出，值。抹一把泪，去接就要放学的儿子。

儿子的小屁屁黑紫黑紫的，像熟透了的桑葚子，让月娥有了揪心的痛感。自己的那股邪火是从哪里钻出来的，烧得自己都迷糊了，竟然对孩子下手这样狠，那可是自己的亲生骨肉啊。那股无名的邪火，是跟丈夫打来的那个电话有关吗?

哭着哄着把儿子唤醒，给那些血道道上擦了一些碘酒，喂儿子简单吃了几口饭，月娥扯起儿子，一路走一路道歉，把儿子送到了学校。

折返回家后，月娥扑到床上，放声大哭了一场。

哭完，洗了一把脸，她给月仙打电话。这时候，特别想见到她，不知道为什么。

"对不起，您拨打的电话已关机。"拨了几次，传来的都是电子小姐的声音。

月仙是个"夜猫子"，大概这会儿还在床上赖着。月娥拿出一个本子，开始核对账目。

儿子入学的事情办妥以后，月仙告诉月娥，说："要供养孩子成名成才，花这些钱才是个开头，是万里长征第一步。教育专家说了，对子女教育要肯花时间、舍得投入，教育好自己的孩子，就是投资自己后半生的幸福。你知道吗？'鸡血教育'不光拼功夫，还得拼实力，要有资金做后盾。"

月娥说："说的是呢，可这世界上最难挣的就是钱了。钱难挣，屎难吃，老家人不都这么说嘛。"

月仙说："姐，我给你揽了个挣快钱的门路。今年各大银行紧缩银根，房地产项目贷款受限，公司董事会决定以高息吸收社会资本，月息3分，揽储人直接抽取1分的利息，作为佣金。弄好了，你坐家不动，每月都会有两三万的进项，也许比这还要多。公司任命我兼任这个募股部的主任，我能保证你只赚不赔，资金安全。"

月娥说："事儿是好事儿，可去拉谁出资呢？我在城里人生地不熟，两眼一抹黑。"

月仙说："我早替你打算好了，回镇上，这些年哪家哪户没有点存款积蓄呀，多多少少都有，动员他们别把钱压到床席下，见天儿搂着钱睡觉，要把死钱变成活钱，让钱能生钱，鸡生蛋，蛋生鸡，越生越多。再说了，谁还怕钱多了咬手啊，是不是？"

月娥说："说得天花乱坠，人家会相信你呀？老家人都是不见兔子不撒鹰的主儿，钱都在肋巴骨上穿着呢。这钱不好筹。"

月仙说："不见兔子不撒鹰是吗？咱让他见到兔子。这事儿，要先找突破口，山里的猴，起不得头，起开头了，让他哭着撵着你投资入股。"

月娥说："你说话跟吹糖人似的，轻巧得很。你咋不回去筹款呢?"

月仙说:"我跑出来得早,好多人不认识我,没有人脉资源。你就不一样啦,打小在镇上长大,模样儿长得俊,还乖巧懂事,讨人喜欢。后来当老师,认识好多茬儿学生家长,这些都是资源,也容易获得信任。这种事儿,开始的时候,信任才是基础。"

月娥说:"回到镇上筹资,也只能这样了。"

月仙说:"回去后,先找亲戚朋友,先让他们生钱得利,然后口口相传,很快就打开了局面。弄好了,大家伙都赚个盆满钵满,也算咱姊妹在外面混事儿带给家乡父老的一种回报,你说是不是?"

月娥说:"你是财务总监,知道公司的内幕,别将来大伙儿投来的钱还不上,打了水漂。要是走到那一步,别的不说,我们这辈子可没脸再回朱屯镇了。"

月仙说:"放心吧姐,公司的盘子大着呢,上百亿的资产,在建项目十几个,你筹集的那点钱也就九牛一毛。真有个风吹草动的,我先把你从老家筹集的钱抽出来,确保万无一失。用老家的话说,扳倒树掏老鸦,咱牢稳着来。"

安顿好儿子,月仙回到了朱屯镇,先找到老舅。老舅是镇子上的名人,年轻的时候当兽医,走村串户给家禽家畜治病,还会劁猪骟狗。年龄大了,改行做老媒红,专给男男女女牵线保媒,混个酒足饭饱。老舅是个稀拉哈脾气,爱说话,人缘好,月仙也认识他,说他是筹资开和的最佳人选。关键是老舅还有些闲钱,以前的积蓄不说,去年镇里扩路,拆了他好几间门面房,给了他50多万补偿款。

听月娥讲完政策,老舅犹豫了好一阵,问了这问那,脚下丢了好几个踩扁的烟头儿。

老舅说："要说这是好事儿，让恁舅跟着你发财呢，可我还是有些担心，害怕出啥岔子，到头来，弄个竹篮打水一场空。那点钱，是留着给你表弟在城里买房作首付的，还有我的养老钱。"

话锋一转，老舅说："说起来，你妈，俺姐，恁一家，这一辈子都没给俺张过口，如今外甥女把话说到这份上了，是坑是井，恁舅我捂着眼也得往里跳呀。"

月娥笑了，说："舅您放心吧，就算我借您的，有风险我担着，受益了是您的。榷谁也不能榷俺舅呀。再说了，有月仙在那儿盯着呢，没事儿的。"

老舅说："就这吧，我先投 30 万。人家不是说啦，鸡蛋不能放到一个筐子里，是吧，外甥女。"

"好吧。俺这个舅就是心眼多。"月娥说话有些娇嗔。

回镇上的第二站，月娥去找了老校长。一见到她，老校长就甩起了手，一遍一遍地说："月娥呀，可惜了，可惜了，你才走几个月，政策就下来了。要不是……板上钉钉，十拿九稳，入编转正。你老亏呀，所有人都替你惋惜，唉，唉。"

月娥说："刚听说这事儿，是有点难受，委屈，后来想明白了，有舍才有得嘛。我要是还在乡里待着，儿子朱光里也上不了汴梁城最好的小学，长远看，值。"

"要说也是，人挪活，树挪死，想明白就好。"

月娥问过学校老师的一些具体情况后，将话头引入了正题，最后说："给人家打工挣钱，供养孩子读书，安排的工作不干好也是不行。"

老校长正沉浸在惋惜和愧疚的情绪中，也信赖月娥的能力和人品，当即表示先投 20 万，还有 20 万存的是死期，到期了再说。

月娥说："这么多年没少关心照顾我，离开了，还对我这么支持，真是感激不尽，谢谢您，老校长。"

这次回到镇上，不到两天的工夫，月娥就筹到款项 500 多万。

月仙办好手续收过款后，对她说："这月你就不用来公司坐班了，在家好好照顾朱光里上学读书吧，工资照发。"

一个月后，月仙通知月娥去办这个月的利息分红。月娥领过钱，再次回到镇上，把老舅这月的 6000 元利息拍到他手里说："钱到手，饭到口，这回信了吧。"

老舅沾着唾沫数了老半天，高兴得额头的褶子都延展开了，说："恁吃肉，老舅跟着喝点肉汤还不行吗？要不，把那 30 万也放到你这个筐子里？"

月娥笑了，说："不知道老舅还是个财迷呢。公司这段回笼资金增加了，暂时不需要了。高利息会带来高成本，公司轻易不开这个口儿。我打听着，有机会再说吧。"

"不胜当初把那 60 万一下放到你那个筐里了，现在后悔也来不及了。"老舅说。

"可能还有机会，公司还在扩张，用钱的地方多着呢，再说吧。"

月娥这一招，也是受了月仙的"点化"。月仙说："理论上讲，这叫'饥饿营销'，你有文化，应该懂的。"

老舅尝到了不劳而获的甜头，就把这事儿走到哪儿说到哪儿。老舅说："听说镇长一月的工资才 4000 多，老汉我坐家不动，风刮不着，雨淋不着，日头晒不着，月底，6000 块到手，这待遇都快撵上县长了。"

老舅的那张嘴，就是一个公众号，很快镇里人都知道有这么一个生财之道，不费一枪一刀，就能将大把的钱挣到手里，真的就像是天上掉馅饼。他们请求说媒的老舅，再有这样的机会，言语一声，也想喝点汤。

后来，还真有一次这样的"机会"。月娥再次回到镇上，坐在自己家里不动弹，当天就筹到近 3000 万元的集资款，占全镇总户数的百分之三十还多。月娥说罢筹资任务完成后，又有好多人托人情找关系，挤破头要投资入股。抹不开情面，就又筹了 2000 多万，达到了总户数的近百分之五十。

以后，月娥的主要工作就是兑付集资户的当月利息，然后就是操心儿子朱光里的学习。

这会儿，月娥给月仙打电话，是想问问她，这都 11 号了，咋还没通知自己去办理兑付手续呀？往常都是 10 号以前准时兑付上月的利息，出现什么特殊情况了吗？

隔了半个多小时，月娥又拨过去，还是关机。都这时候了，还没起床吗？

正狐疑，电话突然就响了，跑过去一看，并不是月仙的号码，有些陌生。仔细想想，应该是任校长的。接通，电话里说："是赵总吧，你能不能来学校一趟？是关于你孩子的事儿。"

"好的，好的，我这就去。"月娥挂掉电话，就跑下楼去。

还是在那个小会议室，月娥见到了任校长，他铁青着脸，一副很不友好的样子。任校长旁边，还坐着一位，是儿子朱光里的班主任老师："也是黑丧着脸，一言不发。"

任校长没有请她入座，而是示意班主任老师："把情况给赵总说说。"

班主任老师说，今天她去到班里，看见朱光里站在课桌前上课，让他坐下，他坐了几次都坐不下去。班主任老师就把他拉出来，找个背人的地方，褪下他的裤子，看到朱光里的小屁屁满是伤痕，问明情况后，就报告给了校长。

任校长说："你怎么这样对待自己的孩子呢？你这是典型的家庭暴力知道吗？是犯法的事情，影响太恶劣了。刚才，我们召开了紧急校务会议，做出两个决定。一是撤销设立的'赵月娥奖学金'，将剩余的资金全额返还给你。二是按照《未成年人保护法》的规定，我们保留诉诸法律的权利。"

赵月娥要做辩白，被任校长截住了。"什么也别说了，解释，道歉，我们都不需要，就这样定了。"

任校长和班主任老师气呼呼地离开了小会议室。

赵月娥呆愣在那里，好一阵缓不过来，头一阵阵发晕。她想去接回儿子，却怕再次造成不好的影响。好在校方并没有对孩子有什么处理，儿子还可以在这里继续就读。

扶着楼梯，赵月娥神情恍惚地走着，内心的愧悔正在铸成一个沉重的铁块，压得她喘不过气来。她觉得自己打进城后，就迷了路，把自己给弄丢了，原来在乡下教书的那个赵月娥，早已迷失在了城市的霓虹里。

走出校门，一辆靠在路边的警车突然就打开了车门，四个警察，有男有女，朝她奔跑过来。

两个女警在她身边站定后，一个男警问她："你是赵月娥吗？"

她点点头，心想："学校还是报了警，不过，我愿意接受任何惩罚，也是自己罪有应得。"

警察说："你涉嫌参与非法集资，请配合我们的调查。"

"非法集资？那赵月仙现在哪里？"

"赵月仙和公司法人已经跑路了，我们正在网上通缉。"

赵月娥腿一软，就瘫了下去。

这时，又停下一台车，下来的人对警察说："我们是社区的，接到通知就赶来了。"

警察对赶来的社区干部说："她叫赵月娥，在你们辖区居住，她和丈夫因涉嫌参与非法集资，需要接受我们的调查。这期间，你们社区就是她儿子朱光里的临时法定监护人。"

两个女警架起赵月娥，往警车那边走。刚走出几步，赵月娥突然扭回头来，声嘶力竭地喊了一声："照顾好我的儿子。"

那声音如杜鹃啼血，惊到了所有路过的人。路边高大的梧桐树上，有两片叶子像是被这声音震落掉的一样，飘飘悠悠地落到了马路上，被来来往往的车辆碾成了碎末。

（原载《奔流》2021 年第 9 期）

喜 鹊 登 门

1

在乡下，喜鹊是最招人喜欢的一种鸟。

喜鹊，那是鸟类中的天使。它的羽毛黑白相间，色泽光鲜，走起路来，翘着长长的尾巴，脑袋高昂，跳跃式前进，格外威武。起飞和降落时也从容镇定，一对翅膀上下翻飞，灵活自如，十分惹眼。它的叫声更是别具一格，声音浑厚，底气十足，富有磁性，满含喜悦。

听见喜鹊叫，定有喜事到。清早打开院门，要是看见院子里有喜鹊落枝，人们都不愿惊飞它，不敢大声咳嗽，连走路也是蹑手蹑脚的。喜鹊登门，带来的是吉祥，是喜气，是好运，谁家不喜欢呢。

汴堤湾的养兔状元田秋丰就喜欢喜鹊，更喜欢花喜鹊。喜鹊，花喜鹊，那是他藏在心里、爱了多年的一个女孩儿。

田秋丰在铁牛镇读高中的时候，就喜欢上了花喜鹊。那时候，他是班里的拔尖生，学习成绩一直很好，还是学校的团干部。班主任刘老师对他很看重，每次看见他就说："田秋丰，田秋丰，辛勤耕田，就有秋丰。加油，别让老师失望。"

高三开学不久，班里转过来一个女生，名字很特别，叫花喜鹊。田秋丰听说过这个女孩，是他们后街的，一直在城里的姨家上学读书，不知因为什么，临近高考了，又被发回原籍，来艰苦的农村学校迎考。

这女孩不光是名字特别，人也很另类，忧郁、文静、高冷，与名字一点都不相符。走路飘飘的，说话莺莺的。长相也与众不同，脸白嫩，像刚刚剥了皮的鸡蛋。眼很媚，如月亮躲在深潭里。那腰身，又圆乎又细溜儿，高挑挺拔。体育课上，她立在女同学中间，犹如蓬蓬野花簇拥着一株含苞待放的红牡丹。

田秋丰迷上了这株红牡丹。课堂上，他两眼睁得大大的，眼光却怎么也聚焦不到黑板上，而是拐弯盯住了一个女生的背影，那里有一束墨黑黑的马尾辫，有一段儿玉雕似的粉颈，红嫩小巧的耳朵边，曲翘着茸茸的细发。看了，格外叫人心动。

"花喜鹊，尾巴长，娶了媳妇忘了娘，把娘背进地墒沟，把媳妇抱到热炕上。"那天放学回家，田秋丰尾随花喜鹊，扯着公鸭嗓在后边喊叫。花喜鹊正骑车赶路，听见有人唱这样的歌谣，气得脸蛋泛红。她猛地跳下车，站定，扭头一看，是同班的田秋丰，立时把眉头皱出一个川字来。花喜鹊柳眉倒立，狠狠地剜了他一眼，转身，细长腿一迈，骑上车继续赶路。

"花喜鹊，尾巴长——花喜鹊，尾巴长。"田秋丰人来疯一样，在身后一遍又一遍地喊。正喊着，他看见前面的花喜鹊突然单腿着地，猛一用劲，把自行车扔到了路边，然后丢下书包，蹲坐在路边的草地上，嘤嘤地哭了起来。

田秋丰走过去，见花喜鹊把自己折叠起来，双膝曲起，胳膊架在膝盖上，脸埋进臂弯里，哭得后背起起伏伏的，好伤心的样子。

田秋丰知道自己惹了祸，胆怯怯地说："对不起，跟你闹着玩呢，别不适玩啊。"

呜呜——呜呜，花喜鹊哭得更厉害了。"我只想搭讪你，可你老不理我，我不是有意欺负你的。"

花喜鹊还是哭个不停。急得田秋丰又是跺脚又是转圈儿的。见劝不住花喜鹊，田秋丰使了绝招。啪，他砍了自己一耳光。停顿片刻，啪，又砍了脸的另一边。嘴里说着："嘴贱，叫你嘴贱。"

听到第一声响，花喜鹊就止住了哭。又一声后，她慢慢地抬起了头，泪眼婆娑，散乱的发丝拂在饱满秀气脸上，活脱脱一个梨花带雨，令田秋丰泛起丝丝隐痛。

花喜鹊终于说话了，嘟着红红的小嘴儿。"其实，我哭不是因为你。你知道吗？我是被城里的学校开除回来的，因为他们发现我在谈恋爱。我该接受教训，不跟任何男生来往。要不然，我这辈子就完了，爹妈也不会轻饶我。"

田秋丰明白了，花喜鹊不爱说话，不爱搭理男生，其实是有原因的，这样的事情任谁也不会放下。

"对不起，真是对不起。"田秋丰朝着花喜鹊深深地鞠了一躬，然后骑车先去了。他没看到，花喜鹊见他又是鞠躬又是道歉的样子，对着他的背影抿嘴笑了，那笑靥如同一朵初绽的花。

这以后，田秋丰理解了花喜鹊的处境，自认为知道了该怎样爱她。他尝试过不去想她，但他却管不住自己的心，每天满脑子都是花喜鹊。他在暗恋。

一模成绩出来了，他的成绩一下子倒退了二十多名。刘老师找他谈心，田秋丰木着一张脸，绷着嘴，一句话也不愿说。问不出个缘由，刘老师只剩下了叹气："田秋丰，田秋丰，有田不耕，何来秋丰。唉，你真让我失望。"

高考倒计时一百天的时候，学校举行了誓师大会。会后，不少同学都有了迎战的紧迫感，学习更加紧张起来。而田秋丰有的却是另一种紧迫：高考一结束，大家会天各一方，各奔东西，他心爱的花喜鹊有可能再飞回城里去，可她还不知道他那样爱她，爱得想放弃一切。而且，他发现，尽管花喜鹊对所有男生都保持着距离，还是有几个升学无望的帅哥在追她，讨好她，明里暗里地向她献殷勤。

"爱，就要大声说出来。"田秋丰记起这样一句话。他不敢大声说，但他要表白，以另一种形式。

田秋丰给花喜鹊写了一封求爱信，满满的一张，结尾还自掐了一首小诗："你说，世界真大，像一座美丽的花园；我说，花园真小，只有一朵动人的牡丹。"

田秋丰把这张写满甜言蜜语的信纸折叠成了心形后，藏在裤兜里，寻找机会放进花喜鹊的课本里。

只是，这封信最先看到的不是花喜鹊，而是教语文的班主任刘老师。他在批改学生作文的时候，翻到了那颗"心"。是田秋丰情急之下，放错了地方。

节骨眼上，学校对他们的处理是武断的：事件的当事人田秋丰花喜鹊被双双开除学籍。校长不听花喜鹊的辩解，因为他知道花喜鹊有过这方面的"前科"。

这回，花喜鹊没有哭，也没有闹。她把自己的书本一摞一摞地从桌斗里掏出来，码好。然后，抱起其中的一摞，兜头砸向了田秋丰，远看，像天女散花。一摞撒完，又搬来一摞。田秋丰如一座石雕，坐在那里一动不动地承受着砸来的书本。砸完，花喜鹊轻轻地拍了拍手，用手拢了拢散开的头发，凛然离去，那样子像是"爱生活更爱拉芳"的广告片。

出了这样的事情，花喜鹊也没脸回城里的姨家，哭哭睡睡地窝在家里好多天。这天，她正歪在床上玩手机，头门儿吱呀一声响，田秋丰竟然来了。

田秋丰一进屋，就扑通一声跪下了，声泪俱下，一个劲儿地求她原谅。见他这样，花喜鹊身子都没挪动一下，两眼盯着手机屏幕，好像没有任何事情发生一样。

田秋丰说："喜鹊，我好爱你，爱得都要疯了，没有你我活不成，活不成啊。"

田秋丰说："我要托媒人来你家提亲，咱按乡里的规矩来，明媒正娶，让你风风光光地嫁给我。"

田秋丰说："定过亲以后，咱们俩一块儿去南方工作，我家在那里有亲戚，想干啥工作尽你挑。到了结婚年龄，我给你办一个超豪华的婚礼，让你做一个幸福的女人。"

田秋丰说："我要给你买车买房，给你……"

"滚——快点滚，别再让我看见你。田秋丰，你记住，我这辈子就是拉锅要饭当一辈子老闺女，也不会嫁给你。记住，想都别想，永远都别想，永远。"

田秋丰还在发愣，突然背上重重地挨了一脚，让他险些栽倒。是花喜鹊的爹回来了。这个从来不会发脾气的庄稼人，这时候嘴唇和两手都在抖。"你……你……你……你算是把我闺女害死了，害了她一辈子。滚回去，告诉你爹，你家再发达再有钱，我们也不会跟你结亲，我把闺女剁剁喂猪，也不会让她嫁给你。"

田秋丰从地上爬起来，一把鼻涕一把泪地说："叔，喜鹊，你们也听着，娶不到喜鹊，我就是打一辈子光棍也要等，等着喜鹊登门的那一天。"

从花喜鹊家回来后，田秋丰病倒了，每天发烧说胡话。时过半月，他从市里的医院回来后，听说花喜鹊已离开了村子，和她姨家的表姐去了南方。

2

楼好高，一座挨着一座；车好多，一辆跟着一辆。街边的行人也都来去匆匆，像是有很多重要的事情等着他们去做。这是一座忙碌、年轻、充满活力的城市。

一个月后，田秋丰也去了南方。去追寻他的花喜鹊。

几经辗转，田秋丰找到了花喜鹊就职的那家公司。但他不敢贸然去惊扰她，就在附近的一个店铺里谋了个差使。每天上班下班的时候，他会架一副墨镜，躲在马路对面，看花喜鹊与同事们进进出出。现在的喜鹊花枝招展，洋气多了，高跟鞋，超短裙，细腰饱胸，衬得双腿愈发修长挺拔了。走动时，一束翘翘的马尾辫左摆右荡，整个人看起来袅袅婷婷，活力四射，活脱脱一只可爱的花喜鹊。

暗地蹲守几周后，田秋丰觉得是该站出来现身表白的时候了。因为他发现，下班的路上，花喜鹊旁边多了一个男人。这男人有三十几岁的样子，白净脸，架一副眼镜，高高瘦瘦的，有些

"麻秆儿"。很多时候，俩人并肩行走，说说笑笑，熟悉而又亲热的样子。

这天，见花喜鹊与麻秆儿男人又一起走出来，田秋丰横穿马路迎了上去。

"喜鹊，花喜鹊，认不得啦？我是田秋丰呀。"田秋丰摘下墨镜，拦着花喜鹊说。

花喜鹊上下打量一番眼前的这个人，一双大眼眨眨闪闪个不停，眉宇间又皱出来一个川字。"田秋丰？你怎么会在这里？"

"麻秆儿"见花喜鹊碰到了熟人，朝她点点头，识趣儿地独自先走了，把田秋丰的目光也拽过去老远。

收回目光，他问花喜鹊："这人，谁呀？"

"我们部门的领导。有什么问题吗？"花喜鹊瞅着自己的脚尖儿回答他。

幽怨、冷漠、矜持、孤傲，在这些情绪和气息的笼罩下，夕阳中的花喜鹊如一尊女神雕像，屹立在那里。

田秋丰似乎被震撼了，显出一副手足无措的样子。他说："喜鹊，我来这里快一个月了，不敢打扰你，每天在马路对面目送你上班下班。今天，我实在忍不住了，要来见你，向你表白，我喜欢你，喜欢得没办法。我还是那句话，这辈子非你不娶，我说到做到。"

花喜鹊撩起上眼皮儿，再次显出那两汪深潭，她向田秋丰做了个打住的手势，说："别再说了，我不愿听。你喜欢我，不代表我喜欢你，明白吗？我也还是那句话，当一辈子老闺女，我也不会嫁给你。"

说完，撩了撩披散在胸前的长发，飘然离去。

第二天，田秋丰再去，花喜鹊竟对他视而不见，和麻秆儿男人说笑着走了过去。

第三天，又去，没有见到花喜鹊，连麻秆儿男人也没看到。

第四天，田秋丰去公司打听花喜鹊的下落，有人告诉他，花喜鹊昨天已经辞职了。

田秋丰知道喜鹊是故意在躲他，他决定离开这座伤心的城市，回村创业。坐在北去的列车上，他的心在汩汩冒血。

后来，不知因为什么，田秋丰喜欢上了养兔，规模从几十只到几百只，再到数千只，成了十里八村有名的养兔状元。他每天待在兔棚里，和那些活泼可爱的小东西逗弄嬉戏，很开心的样子。

是因为花喜鹊属兔吗？

在时间和兔子的帮助下，田秋丰正在忘掉花喜鹊。

然而，就在这当口，有媒人找到田秋丰，告诉他，花喜鹊从南方回来了，答应要嫁给他。

3

喜事似乎来得有些征兆。那天一大早，就有一只喜鹊落在了养兔场的大梧桐树上，吱吱嘎嘎叫个不停。田秋丰抬起头，呆呆地看了一阵，心想："都说喜鹊登枝，喜气盈门，对于我来说，能有什么喜事呢？"

正呆愣着，老媒红疙瘩爷着急忙慌地赶来了，惊得喜鹊扑扇着翅膀飞跑了。疙瘩爷喘定一口气，说："听见喜鹊叫，就有喜事到。后街花喜鹊的爹托我来提媒，要嫁给你做老婆呢。"

田秋丰不敢相信，抬头看看天，太阳正从东边升起来呢。疙瘩爷拽起田秋丰，说："快走，喜鹊这闺女正等着要见你。"

花喜鹊的家气氛有些异常。喜鹊的爹谷堆在当院儿，黑丧着一张脸，眉头皱得能拧出水来。看见他们，他没站起来，没看他们，也不和他们打招呼。看样子，他对这门婚事并不情愿，只是受到某种压力，不得已而为之。

疙瘩爷把田秋丰引到上房里，指了指里屋，说："过去吧，喜鹊要先见见你。"

掀开布艺门帘，田秋丰走了进去。见到靠在被卷上的喜鹊后，他惊呆了。这是那个他想过千次念过万遍的花喜鹊吗？才两年多的时间，咋就一下子沧桑了这么多？头发散乱焦枯，暗黄的面颊上密布着斑斑点点。一条宽大的裙子遮蔽了所有的曲线，也抑尽了该有的青春气息。

喜鹊的双眼红肿，似乎哭了很长时间，曾经的深潭不见了，只有一汪空荡缥缈的浅塘。

"看见我这副模样，你一定很开心吧。是不是老天对我的报应？"花喜鹊说到这里，又开始哽咽起来。

田秋丰定定地站在那里，看着心爱的人像一头无助的小鹿，也止不住鼻腔发酸。"喜鹊，你是不是遇上了难事？我不知道该怎样才能帮到你。"

"我怀孕了，快要五个月了。这你应该能看得出来。"喜鹊塌蒙着眼，有气无力地说。

"和谁？是麻秆儿吗？"

"他不叫麻秆儿，叫郭栋梁。他有学识，能力强，人也很好，我很爱他。他在老家有一段包办婚姻，过得不幸福。知道我怀孕后，他就休假回去办离婚，但进行得并不顺利，两个多月了，还没个眉目。我肚子一天天大了，藏掖不住，俺爹给了我两个选择，要么把孩子打掉，要么尽快把自己嫁出去。他顾脸面。"

田秋丰听明白了事情的原委，但不明白自己能做什么。

花喜鹊告诉田秋丰："我爱他，我要保护好他的孩子。这样的话，我只有先嫁给你，让你做我的名誉丈夫。不知道你听明白没有。"

听完，田秋丰抱头蹲了下去，心里头翻江倒海："心爱的人啊，我苦苦等你这些年，等来的竟是这样的一个结果。"

"说白了，于你来说，我就是一口黑锅：'愿不愿背你自己考虑。你要不肯，我会另作打算。'"

冷静下来，田秋丰想了很多。心爱的人遇到了难处，第一时间向他求助，说明他在她心里是有位置的，起码她对他是信任的，这还不够吗？爱她，不就是要心甘情愿地为她做任何事情吗？分享她的快乐，分担她的忧伤。在爱面前，还有什么可以犹豫的呢？

田秋丰慢慢站起身来，满目含情地看着一脸憔悴的花喜鹊，陡然升腾起一股使命的热望。他说："喜鹊，你放宽心情，照顾好自己，我知道自己该怎么做，我会在最短的时间里把你娶过去，保护好你和你们的孩子。"

一周后，在鞭炮和鼓乐声中，一溜儿长长的车队涌向汴堤湾后街，停在了花喜鹊家的院门前。看热闹的乡亲把个街道挤得水泄不通，他们叽叽喳喳，议论纷纷，说秋丰这孩子看着老实，心眼儿多着呢，先上车后买票，生米做成了熟饭，这才掀盒儿，娶了村里的一枝花。

看着帅气俊朗的田秋丰把天使一样的花喜鹊抱进迎亲的花车，大伙鼓掌欢呼，呐喊起哄，一些老人高兴得抹起了泪。他们哪里知道，这对儿看似幸福无比的新人，心里头却装满了难言的苦楚。这是一场折磨人的婚礼。

4

都知道他们是奉子成婚，当晚的洞房闹得有些轻描淡写，热闹的婚礼在天黑不久就归于沉寂。

洞房花烛，田秋丰突然感到就像在做一场梦，真实而又虚幻。看着一袭红衣的新娘，他还是有一种淡淡的幸福感。这虽是一场戏，一场他俩自编自导自演的戏，但是，能以这种方式与心爱的人在一起，就是幸福。

电视里正放着一部叫《潜伏》的热播剧。因为潜伏的需要，那个叫孙红雷的男演员和那个叫姚晨的女演员，扮演一对假夫妻，他们真实的身份是党的地下工作者。每晚睡觉，孙红雷就在姚晨的床边打地铺，对外过着不是夫妻胜似夫妻的生活。剧情进行到这里，田秋丰看看坐在床沿的花喜鹊，独自笑了。花喜鹊拿眼与他对视了一下，脸红红的，也勾着头笑了。

电视剧，正好为他们天衣无缝地演好一对假夫妻提供了可以借鉴的范本。

婚床上，花喜鹊发出了均匀的呼吸声。田秋丰多想借着微弱的夜光，看看梦中人熟睡中的样子。可这只是他的一闪之念，没敢付诸行动。他不能辜负喜鹊对他的信任，他要严守喜鹊给他定下的"清规戒律"。

回门，宴客，走完所有结婚的程序后，田秋丰开车把外乡的表姐接了过来，让她专职照顾喜鹊。表姐在大城市做过保姆兼月嫂，侍候孕妇有着相当的经验。当着喜鹊的面，田秋丰说："姐，我养兔场的事情多，拜托你照顾好我媳妇，吃啥做啥，缺啥买啥，千万别让她受屈。"

表姐听罢，抬手打了他一下，嗔怪道："没出息，就你知道疼媳妇。"

那天，田秋丰从养兔场回来，见喜鹊正歪在床上看电视。田秋丰对她说："喜鹊，咱别光看电视，这样对眼睛和肚子里的孩子都不好，要多活动活动身子。"说着，他从包里掏出一本书，说，"我今天进城，给你选了一本书，最新版的新婚指南，叫《结婚以后》，内容可全，经营婚姻、生儿育女、居家知识、理财之道，应有尽有，很适合你看的。"

喜鹊接过书，说声谢谢，就翻看起来。她从内心深处感受到了他的用心。

有天，田秋丰正在养兔技术培训班讲课，接到了喜鹊打来的电话，她说："秋丰，你能回来一趟吗？我有事情跟你商量。"话没说完，嘤嘤地哭了。

田秋丰急匆匆赶回去，见喜鹊正坐在床头抹眼泪。她说，郭栋梁联系不上了，他手机停机了。

田秋丰知道，这些天，喜鹊隔三岔五要跟麻秆儿通一次话，先是说些"她想他、他也想她"的体己话，然后通报一下各自的情况。好像有一次听麻秆儿说，离婚的事情办得差不多了，他很快会赶过来接她，怎么突然就玩起了失踪？

田秋丰拿过电话，拨出去，听筒里传出一个公事公办的声音："对不起，你拨打的电话已停机。"再拨，依然是公事公办。田秋丰宽慰喜鹊说，麻秆儿可能是暂时遇到了什么麻烦，停几天兴许还能打通。

喜鹊呆愣了一会儿，突然说："秋丰，趁我现在还能活动，我想去四川找郭栋梁，要他当面给我个说法。你能陪我去吗？以外出旅游的名义。"

"四川？四川哪里？"

"雅安。"

田秋丰朝她点点头，说："我这就订票去。"

三天后，田秋丰陪着他心爱的喜鹊找到了南塘村。他们一路打听郭栋梁家在哪里，碰到的几个老乡都是摇头不知，一个老汉说："莫说郭栋梁，村子里连姓郭的都没有撒。"

从南塘村出来，他们直接去了派出所，户籍警在电脑里搜索了半天，然后告诉他们："对不起，没这个人撒。"

走出户籍室，喜鹊突然两眼发黑，两腿发软，走不成路了。田秋丰拦下一辆出租车，把喜鹊安顿在了镇上的一家旅馆。一躺下，喜鹊就放声号啕起来，一遍一遍地说："我真傻，我真傻，我居然相信了他，我居然相信了他。"

田秋丰抓起她绵软的小手，轻轻地抖动着，却不知道拿什么话来安慰她。两个年轻人都陷入了深深的痛苦中，为了彼此不同的爱。

突然，天地旋转起来，所有的东西都在失重一样来回摇摆。惊愣片刻，田秋丰一下扑过去，展开四肢，把自己罩在了喜鹊的上面。咚，一只吊灯在剧烈的摇晃中，脱落下来，砸在了田秋丰的后脑勺上。

在雅安，他们遭遇了地震。

几秒后，晃动停止，田秋丰背起喜鹊飞快冲出了旅馆，停在了一片空地上。

喜鹊显然是受到了惊吓，她扑进田秋丰的怀里，把下巴支在秋丰宽厚的肩膀上，又一次大哭起来。透过泪眼，她看到一股股殷红的血，虫一样在秋丰的脖颈上爬动。

5

从四川回来，喜鹊丢了魂似的打不起精神，困了，眯眼就睡。醒来，就暗自垂泪，整个人憔悴得不成样子。表姐找到田秋丰，说："去劝劝你媳妇吧，打四川回来后就不怎么吃东西，阴沉着脸老哭。怀着孩子呢，这样下去可不中。"

田秋丰在喜鹊面前坐下，心疼地看了她半天，说："我知道，你很爱他，为了他可以不顾一切。如果是真爱，眼下你要做的就是保护好你们的孩子，平平安安生下来。有了孩子，你就会找到他的影子，你的爱就会有寄托，就会有希望。喜鹊，为了所有爱你的人，你该打起精神来。"

喜鹊听完，大哭起来，这样的喧嚣似乎是一种释放，一团郁积了多日的坏情绪也随之被清空。

这天，秋丰正在养兔场忙活儿，喜鹊打电话给他，说："如果不忙的话，能不能陪我到村街上散散步？"

夕阳在天边猛烈地燃烧着，一大片红光穿过树叶的间隙投射出来，映在他们年轻的脸庞上。挺着肚子的喜鹊依挎着高大伟岸的秋丰，在身后投下一幅美丽温馨的剪影，给人一种生生不息的力量。看着一对儿般配且恩爱的小夫妻相携走来，村里人投来的目光是祝福，是艳羡，也有欣慰。

中秋节快到的时候，在城市的医院，喜鹊顺利分娩，产下一个男婴，虎头虎脑的。

从城里的医院出来，田秋丰按乡俗为这个刚刚出生的孩子办了"九天"，也叫"做九"。四邻八街的乡亲都来恭贺老田家添丁加口，他们送来鸡蛋、挂面，还有布料，在田家的院子里热热闹闹地喝了一顿喜酒。

结婚，做九，那是一个年轻人人生中的两桩大事，而对田秋丰来说，他是在配合心爱的喜鹊上演两场大戏。孩子快要满月的那几天，田秋丰突然显得格外消沉和失落。按照约定，过了满月，喜鹊就会抱上孩子辞他而去，结束这段难熬的"戏剧人生"，那样，他会再次陷入相思的深渊里。

果然，满月后的第二天，喜鹊就约秋丰要一块儿谈谈。

屋外，一轮明月正冉冉升起，在深秋的夜空里弥散着淡淡清辉。很快，大地万物会等来又一次的月圆。

谈话正式开始了。喜鹊忽闪着一双大眼，还是那迷人的月映深潭，只是那潭没了往日的幽冷，倒像是一池春水，温暖而荡漾。

喜鹊说："谢谢你，这些天，为我做了那么多。能遇见你，我真幸运。"

田秋丰上嘴唇和下嘴唇来来回回地相互包裹着，眼睛盯着自己的脚尖不动弹。爱恋，不舍，像两只大手，一刻不停地揉搓着他忧伤的心。他似乎有些支撑不住了。

喜鹊说："秋丰，要是不嫌弃我们的话，你愿意做孩子的爸爸吗？"

秋丰抬起头，看到喜鹊一脸的认真。他急促地朝她点点头，说："喜鹊，我愿意，我做梦都愿意。"

"那好，明天，咱们就去县上办结婚证，我们做真实合法的夫妻。"说完这些，喜鹊先自张开了双臂，向秋丰示意。秋丰扑过去，把心爱的喜鹊箍在了怀里，四目相对，激起电闪雷鸣，泪雨滂沱。

喜鹊温热的气息在秋丰的耳边缠绕，话语莺莺："亲爱的人，我是块石头也让你焐热了，我是片冰冰也让你暖化了。秋丰，现在的我，好爱你。"

秋丰捧起喜鹊的头，一口气吻干了她的眼泪，然后一下含住了她鲜嫩的双唇，舌尖轻触到一起的时候，他们青春的躯体在扭曲，在发抖，在战栗。嗯——几乎是在同时，他们发出了一声长长悠悠的呻吟。

忘情时刻，响起了电话铃声。喜鹊摸到手机，点开，屏幕上端跳出三个字：郭栋梁。

（原载《奔流》2018 年 12 期）

忘　忧　果

南方是没有四季的。都入了腊月，还疯疯癫癫地下着雨。那雨，裹挟着满满的落寞和惆怅，不疾不徐，漫不经心，下得自在而得意。

史丹丽独坐窗前，瞅着淅淅沥沥的雨水发呆。面前的几案上，积了一堆的龙眼果皮。那个男人每次来，都带回一大兜子龙眼，知道她爱吃这个。男人说："吃吧，多吃点，吃了，就不想家不想孩子了，就会忘了烦恼忧愁，这果，叫'忘忧果'。"

可是今天，一兜子的龙眼，被她一口气吃完，心里头的惆怅却还是挥之不去，萦萦绕绕，盘盘旋旋，真真的有些"才上眉头，又下心头"。她想家了。

在黄河边，在老家汴堤湾，那里四季分明，而且每个季节都特色鲜明，就像四个花枝招展的姑娘，各有各的样貌。

老家的春雨是酥润的，亲在人的脸上，沙沙的，湿湿的，滑滑的。春雨润物，化育生机，蒙蒙细雨，飘洒在花蕊和草尖之上，露珠一样翻来滚去。不经意间，村头、路边，冒出了点点红、片片白、块块黄、道道绿。桃花、杏花、梨花，争相斗妍，层次分明，精巧细致，跃入眼帘。走进田野，有鸟鸣，有花香，有草青，有地气，那空气丰富得让人无法准确地去描述，刺激你情不自禁地来一次深呼吸。到了仲春时节，小麦和油菜有些人来疯，可着心劲儿，随着心性，泛着无边的绿、耀眼的黄，在乡野间撒欢。于是，这里一方绿，那里一片黄，乡野成了一幅最难描摹的水彩画。

在史丹丽的记忆中，家乡的夏天是热烈的、饱满的、丰盈的。在夏天炽热的阳光里，炎热仿佛把生命力张扬到了极致，放眼皆是无边的生长，四处弥漫着浓郁鲜艳的气息，云是鼓胀的，雨是滂沱的，连奔腾的河流都是那样热情洋溢。在乡野，若是夜里落过一场透雨，湿漉漉的云彩还在天际慢慢游弋，在远处的鸡叫、近处的蛙鸣声中，穿行于这青纱帐之间，你似乎可以听到庄稼咔吧咔吧的拔节声。

在史丹丽看来，四季之中，秋天是最让人回味无穷的季节。万物在经历了夏季的繁盛后都透出成熟的韵味，看上去那么惬意，那么舒适。爽爽的秋风里，朗朗的日头下，全是农家忙碌收获的影子，火红的辣椒、金黄的玉米、雪白的棉花，在地头，在场院，堆起来，摊开去，绘就一幅七彩的"晒秋图"。此时的秋野，还是一首七彩的乐章：秋风飒飒，树叶沙沙，虫鸣鸟吟，大地飞歌。

老家的冬天是安谧、恬静的，乡野青黑的麦苗，辽远的天空，嘹亮的鸽哨，构成一幅静美深邃的冬景图。下雪了，村庄被瑞雪簇拥着，田野被瑞雪覆盖着，树木被瑞雪吞噬着，就连往日喧闹的河流也收起了叮咚的乐谱，变得安静沉寂起来。麦秸垛扣上了厚厚的雪帽子，瓦屋披上了宽宽的白大氅，麦子钻进了暖暖的雪被子，连树木都变了模样，银装素裹，显得丰润雍容。

在无雪的冬天里，史丹丽会将双目蓄满期许，仰首长空，在深情的瞩望里，等待一场雪的盛宴盛开在故乡的四野。

如今，身处南方，对于瑞雪的期待其实就是一种奢望。南方，多的是雨，多到无休无止，没完没了。雨还在下。

男人来过电话，说今晚要来她这里吃饭。

史丹丽找出下班路上买的鱼头、豆腐，开始做饭。

不大会儿，锅里的水就开了，调皮的水花儿将鱼头和豆腐托起、沉下，亲热得一塌糊涂。一时，小屋内弥散着好闻的味道，腥腥的、鲜鲜的。而这时，电饭煲内也飘出米饭的清香。

现在，史丹丽正淘洗一把青菜，等鱼头豆腐汤炖好后，再把青菜烧了，就有了一顿可口的晚餐。

关了火，史丹丽几次走到门口张望：那个吃饭的人怎么还不来呢。她在等那个男人，他们在南方的这座城市搭伙过日子就快有一年了。

在汴堤湾的家，史丹丽有公婆、丈夫，还有一双招人待见的儿女。只是，天降不幸，两年前，丈夫开三轮车进城卖菜，回来时天黑路滑，翻进了路沟，砸断了右腿，一个能打能跳的壮汉成了个残疾人。雪上加霜。不久，公公婆婆，一个卒中，一个偏瘫，不爱操心的史丹丽成了家里的顶梁柱。

孩子要上学，公婆要治病，而残了腿的丈夫顶多算是半个劳力，这长得看不到头的日子可该咋过呢？

那年开春儿，史丹丽同丈夫商量：他在家看管庄稼，照顾爹娘；她外出打工，挣钱养家。女儿眼看就要读高中了，没钱会误了孩子。丈夫看看空空的右腿，觉得这是最好的打算了。丈夫说："那你就吃苦受累了。"

史丹丽做姑娘的时候，就有一手裁剪缝纫的技术，到南方后，很快就在一家服装厂找到了工作，每月能挣到 6000 多块呢。

难熬的是夜晚。没了公婆的絮叨，没了儿女的嬉闹，没了丈夫的温存，史丹丽如一只掉队的孤雁，落寞而苦闷。暗夜里，狭小的单间房如一座漆黑的墓穴。

害怕自己疯掉，史丹丽抽空买了布匹、针线，练起了十字绣，一针一线，不疾不徐，绣到眼皮发沉，浑身发酸，然后倒头便睡，直到天色大亮。

有天，史丹丽正往租住的小屋走，听到后边喊"史丹利、史丹利"。史丹丽一回头，是一个粗粗壮壮的男人。见史丹丽回头，那人一本正经地说："史丹利，史丹利复合肥，世界农民都在用。"

史丹丽知道，有一种化肥，叫史丹利，电视上天天播。这人什么意思啊？

后来，史丹丽才弄明白，这是男人借故搭讪女人的招数。因为，没过多久，这粗壮男人就摸到了她租住的小屋，与她有一搭没一搭地聊天。

有回，男人喝多了酒，高声大嗓地给史丹丽诉苦："没意思，真是没意思。我那个老婆，不要钱不来电话，不打电话不要钱，从来没问过我在这里活得怎么样，高兴不高兴，开心不开心，舒服不舒服。这还叫夫妻吗？还有一点夫妻的情分吗？唉，没意思，真是没意思。"唠叨着，这男人竟坐在椅子上睡着了，还有了鼾声。史丹丽拿一条被单给男人披盖上，然后在昏黄的灯光下，端详着他，竟无端地落起了泪。

第二天，史丹丽对男人说："下班后，来这里吃饭吧，多添一碗水的事儿。"

傍晚，男人果真来了，捎来了好多菜。男人说："我兑食材，你出手艺，公平合理。"

搭伙过日子，让漂泊的他们都有了家的感觉。

雨还在下，淅淅沥沥，傲慢而固执。

就要过年了，吃过今晚的鱼头豆腐汤，明天史丹丽就要回汴堤湾的家了。人还没走，心，已飞回了老家。

女儿是不是长高了？夏天的时候就要参加高考了，不知道成绩怎么样，能不能考一个好点的大学。在老家参加考试，太吃亏，高分数有时候也上不了好大学。小儿子还是那样贪玩吗？都上小学五年级了，不抓紧功课，就考不上好初中，上不了好初中，就读不了好的高中，将来想考一个好点的大学就更难了。丈夫瘸着一条腿，家里家外地苦扒苦做，人累得已不成样子了，他撑得住吗？公婆的病是不是有所好转，生活能自理吗？听人说，长期卧床，会生褥疮的，不知道他们怎么样。还有，听说去年雨水大，灾情重，田里的庄稼受了淹，没有多少收成，还耽误了秋后种麦，不知道麦苗出齐没有，苗情咋样。丈夫在院子里养了十几头猪，行情如何，能不能卖个好价钱？

这些让她牵肠挂肚的事情，她和丈夫每周的通话里都有涉及，但留下印象的都是只言片语，或是以偏概全。丈夫是个闷葫芦，不爱说话，表达也往往不够准确。还有，他有啥事爱压到心里头，不肯说，尤其对她。她知道，丈夫是怕她人在外地还挂念着家，无端地担心忧虑，一个人把许多事情都自己扛了。

可是，她不憨不傻的，所有的这些，怎会不牵挂呢？

小时候，史丹丽读过一个神话故事，说是一个将军带着一群士兵远征，在从海上返回家乡的时候，迷失了方向，最终流落到了一个孤岛上。岛上没有其他的食物，只有一种水果可以食用。吃得久了，将士们渐渐地遗忘了祖国和家乡，忘记了亲人和朋友，竟无忧无虑地长久留在了孤岛上，繁衍生息。据说，他们食用的那种水果叫作"忘忧果"。

在南方，史丹丽最喜欢吃新鲜的龙眼。这种水果，圆圆的、鼓鼓的，肉质鲜嫩饱满，汁水丰沛，吃起来甜甜的，很爽口。烦了，愁了，她会买来一兜子，坐下来，一口气吃个精光。然后，心里头确实舒服一些。只是，这种"忘忧果"产生的遗忘效力往往有限，甚至只有短暂的功效。想家，想孩子，想亲人，时时撕扯着她，欲罢不能。

这世上真的有一种"忘忧果"，该多好。

男人过来时，买了一堆的东西，让她给老人孩子带回去。出来快一年了，不能空着手回去。

吃饭的时候，男人问她："过完节还来吗？我在这里等着你。"

史丹丽定定地看着她，眼睛的后边藏着一团火："可能会回来吧，可能。"

史丹丽拿给男人一样东西，对男人说："回家时带上吧，过年是个喜庆事，也算是送你的新年礼物。"

男人接过来，是一件十字绣，展开，红红绿绿的花朵映衬着五个大字：家和万事兴。

史丹丽又对男人说："这是我一针一线花了好多夜晚才绣成的呢。"

太阳跳出地面的时候，男人拉着史丹丽重重的箱子去送她。他们并肩走在通往车站的人行道上，两人都是心事重重的样子。

晨风轻吹，有夜露从头顶的树叶上滚落下来，滴到他们的头上脸上，看上去，如离人的泪。

刚要进站，丈夫突然打来电话，说是春节就别回来了。老家防疫上有了新政策，倡导原地过年。

史丹丽不舍地攥着手里的那张车票，手微微颤动。她费了老鼻子劲才抢到的这张车票，是要被退回去的。

南方的雨，又下起来。

私 奔

1

风真大，带哨儿，呜呜咽咽地刮了一夜。

窗户发白的时候，根柱倒出最后一口气，走了。

楝花抓住他的手，直到变凉变硬，才松开。嘴里嘟囔着："走吧，走了好，走了就不受罪了。"楝花找来一块白布，去蒙根柱的脸，看见他的眼角挂着泪，透明而浑浊。楝花拿手把那颗泪擦掉，把根柱没有完全闭合的眼睛抹下去，盖上了蒙脸布。

走出来，楝花拢了拢散乱的头发，在水龙头下抹一把脸，去前街请朱老六。朱老六是村里的执客，负责家家户户红白事的操办。朱老六走进屋，看见根柱直挺挺地躺在那里，说："老东西，你可走了，可没让楝花跟着你个老东西遭罪。走吧，早死早托生。"

说完，朱老六掏出老年宝开始打电话，1，3，7……一个码一个码地拨，声音还大，小喇叭样，半道街都能听见。送棺木的、扎纸活的、响器班、厨子队，不大工夫，全都安排妥当。

"送老衣呢，还有送老衣给忘了，瞧我这猪脑子。"朱老六说着，又开始拨电话。

楝花拦住他说："兄弟，不用再联系了，送老衣我提前给他做好了。"

楝花说着：打开衣柜，拉出一个包袱，解开，一套蓝的，一套红的，是两套送老衣。

楝花说："我自己裁，自己缝，把他的我的，都提前做好了。"

朱老六接过那套蓝色的送老衣，说："老嫂子，你这手艺还不减当年哪，这针脚儿，直溜溜的，密实实的。"

点着一刀纸，他们俩开始给根柱穿送老衣。"根柱嗳，抬抬腿儿，伸伸胳膊，穿好衣服，体体面面地去那边。"楝花和朱老六一边穿着一边不停地念叨着，直到衣帽鞋都穿戴整齐。

穿完送老衣，朱老六说："家邦，秀娟，这俩孩子这时候得告诉他们了吧。"

楝花摇摇头，说："不用了，通知他们也不会来，他爹活着的时候，他俩连我们的门槛都没踩过。人死了，也就算了。"

朱老六深叹一口气，说："就依嫂子你的意见。我先走了，去通知村里帮忙办事的人。"

一脚刚跨出门外，朱老六又折返回来，说："老嫂子，说句打嘴的话，根柱这辈子遇到你，是烧了前几辈子的高香。没有你，他骨头早沤糟八百年了，你对他啊，那可是一百成儿。我这样说话，是想告诉你，该吃吃，该喝喝，照顾好自己的身子骨，可别光顾着伤心难过了。"

楝花说："大兄弟，我和根柱的事让你操心了，你的恩德这辈子报不了，下辈子托生成牛马，再报答吧。"

朱老六说："一口井里吃水，一个村里碰面，啥恩德不恩德的，我值的就是这个差儿。走了，嫂子。"

下午，里里外外的事情安排完，朱老六又来到楝花家。一进屋，朱老六就撇着嘴哭开了："怕啥就是啥，我的傻嫂子嗳，你还是跟他走了。"

灵床上，楝花穿着那套红色的送老衣，躺在根柱旁边，去了，那样子踏实、安详，就像是睡熟了一样。

朱老六蹲坐在门槛上，说："这对冤家呀，私奔了一辈子，这回又一起私奔到天堂里去了。"

2

当初，为了根柱，22岁的楝花死过一会。埋她的当晚，楝花光着身子从坟堆里爬出来，就和根柱连夜私奔了。

楝花姓牛，住村东。根柱姓马，住村西。在汴堤湾，有好几辈子了，牛姓马姓不和睦，反贴门神不对脸，办事不走礼，儿女不通婚。最早是因为啥事儿结的仇，谁也说不清。有说是因为争一垄地，有说是因为争一口井，还有的说是争一塘水。

可是，牛姓的楝花却偏偏看上了马姓的根柱，一心要嫁给他。

最初发现这事的是前街的朱老六，那时候他还是小六。小六去邻村听墙根儿，稀罕儿听完，月亮都偏西了。除了稀稀落落的狗叫声，村子静得有些吓人。小六轻手轻脚地往家走，像一只夜行的流浪猫。经过街心大槐树的时候，小六看见，靠着树，有人搂抱在一起。接着，又飘来吱吱哇哇的亲嘴儿声。小六刚听完洞房，对这种声音很敏感，辨别力也正强。

蹑脚走近，又听到粗粗细细的喘气声，还有尖细无力的呻唤声。没有多久，小六就借着夜色，弄清了大树那边的人物关系，是村东的楝花和村西的根柱。上小学的时候，他们仨是同班同学，小六觉察到楝花喜欢根柱，但从不相信他俩会来真的，他们应该知道这里头的轻重。

这次夜遇，小六是很受伤的，他正打算托人向楝花提亲，明媒正娶地把楝花迎回家，好好过日子呢。如今，让根柱横插了这么一杠。

正是有了这样的想法，楝花和根柱相好的事儿，像是热锅爆豆，噼里啪啦传开了。地头小憩，树下纳凉，喊喊喳喳，说的全是这事儿，传得有鼻子有眼的。

这下，牛姓族人坐不住了，感觉脸上灰突突的，像是挨了驴踢。他们觉得，要是马姓的闺女跟牛姓的男子好上了，虽不情愿，也不会觉得这样丢人，楝花这是弄的什么事儿，把姓牛的脸都当成驴屁股了。

说起来，楝花可是牛姓人的骄傲，人长得齐整不说，还懂事，见了人，不笑不说话，一笑俩酒窝。干活吧，不娇贵，肯下力，真的是人一分手一分。

再说那个根柱吧，不说是马姓的人，就说人长的样子，就不招人待见，跟个锄杆似的，瘦干巴巴，细不溜秋，胳膊上没有四两劲。大学考不上，牛腿不想扩（方言，赶），文不上，武不下，家里又穷得叮当响，谁家有闺女，剁剁喂猪，也不能嫁给他。

可楝花像是喝下了迷魂汤，说死说活地要跟根柱好，这不是桑树下面哈腰，找事儿（葚儿）吗？

楝花的爹是有名的老闷儿，除了掘力干活，喜欢喝点酒，一整天都不说一句话。

这晚，本家户族的聚到楝花家，东一句，西一句，商量对策，掰开揉碎地劝楝花，直到月牙掉到了地上，也没商量出个头绪。末了，楝花的爹把喝干的酒瓶照着屋墙一摔，说："断喽，敢再见面儿，我把你两条腿打折一双。"

摸着黑，人走散了。

天亮的时候，楝花不见了。族里人分头去找，在三里外的黄姚火车站，堵上了打算与根柱私奔的楝花。

押回家，楝花爹一把抄起了锄头，被人拦下了。

楝花妈没吭声，去针线筐里摸出一把剪刀，咔嚓、咔嚓，故意不规则地剪着楝花的头发，剪罢，像是羊啃的一样。剪着，楝花妈的眼泪噗答噗答，掉落在楝花散乱的头发里。

楝花木坐着，像是丢了魂。眼，直直盯着脚下的一块地皮，长长短短的头发，不断飘落，覆在那里，显出很无辜的样子。

楝花妈说："不怕丢人，就疯，就跑，就去会野男人。"

此时，楝花的头，黑一块，白一块，不男不女的样子。族人们长一声短一声地叹着气，相跟着离开。

女大不能留，留来留去结冤仇。眼下，最好的办法是给楝花寻一门亲，赶紧嫁出去，把一碗水泼了，就一了百了。

觉着是个机会，可是小六错过了，原因是他家没能力备下一份厚厚的彩礼。父母帮楝花选定了张木匠的儿子。张木匠家境好，爷俩老的做木工，小的做漆工，三里五庄的，婆媳妇、嫁闺女、打家具、刷油漆，爷俩全包，很挣了一些钱。唯一不够称心的是，张木匠的儿子得过麻痹症，走路有些跛，有个外号叫"路不平"。

双方父母见面的那天，楝花妈说："俺家闺女啥都好，就因为自谈，坏了名声。咱丑话说到头里，过了门，这件事要黑不提白不提，权当没有的事儿。"

张木匠知道他们家是捡了个漏儿，态度格外诚恳，一连声地说："不提，不提，黑不提，白不提，谁也不能提。"

说这些事情的时候，楝花还蒙着头，在被窝里睡觉，好像是把今后几年的觉都提前睡了。

3

结婚的日子定在了腊月初六。

一入腊月，楝花就愁得整夜整夜地睡不着觉。她见过那个小油漆匠，腿跛不说，还没文化，说个话颠三倒四，驴唇不对马嘴的。哪像根柱，说话慢条斯理，还汤是汤水是水的，听着让人舒服。根柱懂得也多，脑瓜不大，装着不少东西，都是楝花没听说过的。

过日子比树叶都稠，白天那么多，黑夜那么长，跟一个不喜欢的人，见天儿出双入对，一个锅里搅稀稠，一个被窝胳膊蹬腿，娘嗳，这日子可咋过哟。

想来想去，想不出个子丑寅卯，楝花就翻出藏了多年的一包安眠药，一下捂进了嘴里，伸伸脖儿，咽了。

清早，卖豆腐的刚进村，就听到牛家传来高高低低的哭叫声。一打听，是楝花抗婚不嫁，服药死了。消息像扎了翅膀，很快传遍了十里八村。

张木匠带着小油漆匠来了，爷俩木头木脑地站了一阵子，对棟花妈说："老嫂子，看来我们老张家没福气娶到这么好的媳妇，认命了。娶亲的一应东西都准备齐了，金戒指，银镯子，铺的盖的，穿的戴的，都是给棟花准备的。我们拿过来，给她陪葬，让棟花体体面面排排场场地走。我这就回去伐树，做棺材，做好了，让儿子刷漆。毕竟姻亲一场，我们该做的都做。"

棟花妈没有说话，只顾哀哀戚戚地哭，好像已没了说话的气力。

过完三天，村里的青壮劳力，抬的抬，拉的拉，将棟花葬在了村后的乱坟岗。三里五庄的都跑来看热闹，夸张木匠仁义，对没过门的媳妇当亲闺女待，亲自伐树做棺木，还陪葬了金戒指、银镯子、手表，里表三新的衣服、被子。

这话一传十、十传百，就招来了盗墓贼。当天晚上，就有人挖开坟墓，揭开棺木的天板，将陪葬的东西洗劫一空，连棟花身上穿的里表三新的衣服都扒了去。然后，来不及盖棺封土，仓皇而逃。

夜风，赤溜溜地吹，把光着身子躺在棺木里的棟花吹醒了。棟花眨眨眼，看见星星在夜空里明明暗暗地闪，听到风抚树叶呼呼啦啦地响。她轻轻地摇了几下头，把自己彻底唤醒，猛地爬起来，跳出棺木，趁着暗夜，往家跑去。

棟花爹昨晚又喝多了酒，一个人躺在牲口屋，呼呼大睡。棟花去敲娘的屋门，娘摸摸索索地点亮灯，模模糊糊地把门打开，见棟花披头散发，浑身没挂一条线，当即就瘫坐下去，嘴里一个劲地说："妞啊妞，娘知道你死得屈，死得冤，娘有啥法子呢？娘拗不过你爹，抗不住本家户族。妞啊，娘胆儿小，别回来吓唬娘了。"

棟花蹲下去，对娘说："娘，您别害怕，我没死成，我又活过来了。"

棟花娘还是不信，说："好闺女，娘求你了，饶了娘吧。"

棟花说："娘啊，您没听说过吗？死人的手是凉的，冰凉冰凉。娘，您摸摸我的手，就知道了。"

棟花娘捉住棟花的手，果然热烫烫的，一下抱住了棟花："我苦命的闺女嗳，你咋活过来了呢？"

棟花说："娘啊，是盗墓的救了我，他们盗走了所有的陪葬，连我身上穿的衣服都扒走了。娘啊，快给我找一身衣服过来。"

穿衣，洗脸，梳头，做完这些，已是鸡叫三遍，天很快就亮了。

这时候，娘又帮棟花收拾好一个包袱，递给她，说："背上它，喊上根柱，你们俩快跑吧，永远别回来。快去吧，趁天还没亮。"

棟花听懂了娘的意思，没有说话，跪到地上，砰砰砰，连磕三个响头，带上门，冲进了夜色里。

棟花走后，棟花娘拿着手电，扛着铁锨，去了乱坟岗。天光放亮前，她把那座坟茔复原了。

4

那晚，棟花和根柱还是跑到了三里外的黄姚车站。他俩爬上一列刚刚停靠下的货运列车，搂抱在一起，蜷曲在货运车厢的一个角落。正是腊月里，风带着刺儿，把骨头都吹疼了。可是，两个人心里都燃着一团火，他们靠抱团取暖，抵御着寒冷的袭击。

这是一列运煤的火车，等他们在一个小站下车后，这对年轻人已经蜕变成真正的"难民"。

下车后，沿着一条乡村公路走有半个多时辰，才碰到一家"干店"。走进去，一打听，他们已到了山西境内。这时，根柱想起他有个老表就在这里的一个煤窑挖煤。他们就一路打听着，找到了那个挖煤的表哥。

表哥来这儿好多年了，如今已经混成了采煤队的一个队长。看着根柱麻秆儿样的身板儿，表哥皱起了眉头，说："想在煤矿立住脚、站住步，都得从下死力开始，兄弟，你这瘦干巴巴的，耍笔杆儿可以，下窑挖煤可干不了。"

根柱说："老表，我行，看着瘦，我有力气，也不惜力。"

老表说："凭哥的本事，也只能给你安排个挖煤的活。楝花呢，回头我跟朋友说说，去职工食堂帮灶吧。"

刚开始的时候，根柱真有些吃不消，每天回来，连说句话的力气都没了，吃完饭，倒头就睡，睡得昏天黑地。

看着根柱的疲惫样，楝花心疼得直掉泪，说："要是感到撑不下去，就别强撑，咱再找别的活路去。"

根柱半睁着眼，说："没事儿，挺挺就过去了。每天能看见你，跟你在一起，苦啊累啊，都是值得的。"

楝花轻轻地给他按着胳膊腿，按完，又给他敲背，说："要是知道出门这么难，真的不该走这一步，连累你为了我吃苦受罪。"

根柱已经进入梦乡，嘴里却嘟嘟囔囔地说着话："喜欢楝花，我就是喜欢楝花。呼——呼——"

一年后，根柱就不再挖煤了。他的一篇《采煤状元》的小通讯在煤炭报发了个豆腐块儿，引起矿领导的重视，就把他聘到了矿上的通讯报道组，脱离了生产一线。

老表感叹说："有智吃智，没智吃力，有文化的人，就像是一块金子，扔到哪里都发光。好好干吧兄弟，你比哥有出息。"

后来，根柱转为正式工的时候，楝花又产下了龙凤胎。老表说："兄弟，你这可是多喜临门啊，哪辈子烧的高香，积来的福？"又说："楝花有旺夫相，银盆大脸，耳垂厚实，说话轻言细语，干活枪刀马快，连生孩子也不输人，一下生俩，儿女双全，怪不得我兄弟做梦发癔症还偷着笑呢。"

顺顺当当的日子，总是过得很快。一转眼，俩孩子就到了上小学的年龄。根柱也有三十出头了，当上了矿上的办公室副主任。拐过三十岁，他就开始发福，脸圆乎了，胳膊腿粗了，还微微凸起了小肚子，全没了原来的瘦干巴劲儿，用老表的话说，有了气质，有了风度，有了官相。

这天下班回来，根柱说："跟你商量个事儿。昨个儿刘副矿长找到我，拉我跟他一块辞职，去承包一处煤矿，单干，来钱快，你说行吗？"

楝花说："我每天围着锅台转，围着俩孩子转，外面的事儿不懂，也搞不明白。你自己拿主意吧。只是好不容易混上了个铁饭碗，你却自己个给砸了。"

根柱说："现在铁饭碗不吃香了，成了空饭碗，但凡有点能耐的都单干了。老刘是副矿长，都舍弃不干了，咱一个办公室副主任有啥可留恋的？"

楝花说："俺都听你的，俺知道你脑瓜好使，不会办后悔事儿。"

个体采矿的确来钱快，不到一年，根柱就挣到了买一个大房子的钱，还是学区房，俩孩子也转进了市里的好学校。

新矿离市区有八十多公里呢，每天又那么忙，根柱回来的时候越发少了。直到有一天，楝花才知道，根柱确实忙，除了操心他跟楝花的这个家，他还要忙矿上的业务，还要照顾矿上的另一个家。根柱去省城出差的时候认识了一个叫咪咪的女孩，还是个大学生，白脸皮，高挑个，翘屁股，还很会侍奉人。根柱把她招进矿，做文秘，工资要多少给多少，后来她肚子大了，又开始要名分。

根柱说："离婚不离家，房子是你的，先给你和孩子存100万，花着，没了随时给我说，我现在是啥都没有，就有钱。"说完，丢下一张卡走了。

楝花看着表，又该接孩子了，就去学校门口等。接回来，照顾他们吃饭，写作业。第二天早上，做好早餐，叫醒俩孩子，把挤好牙膏的牙刷递过去。孩子洗脸的工夫，饭菜已端上桌。一个肩上一个书包，一个手里扯一个孩子，送到学校门口，看着俩孩子摆着小手，跑进校园里。

一接一送里，俩孩子读完了小学，后来又读完了初中，高中毕业后，姊妹俩考进了北京的同一所大学。

去北京报到的那天，看着母亲两颊上挂着的白发，俩孩子抱着母亲大哭了一场，他们说："妈妈，您受苦了。"

楝花一手搂着一个孩子，眼泪无声地流着："我的孩子争气，真的很争气。受苦受累，值。"

列车像一个龙形风筝，在慢慢起飞。有一根线，拴在楝花的心窝里，一挣一挣地疼，那可叫母子连心？

5

大学毕业后，女儿和儿子都在北京找到了工作，他们把家里原有的房子卖掉，在北京城买了一小套房，把母亲接过去。

到了北京，楝花又跟过去一样了，每天给俩孩子做吃做喝，他们都忙，每天早出晚归的，像是总有做不完的事。

这天，楝花正收拾着房间，她的手机响了，来电显示是：老表。老表说，他来北京了，推着根柱。

"推着根柱？根柱咋了？"

"唉，你不知道弟妹，出大事了。根柱的煤窑出了事故，被封了，那个刘矿长抓起来了。根柱着急上火，卒中了，偏瘫，说话呜呜啦啦，不能动弹了。"

"他老婆孩子呢？"

"别提了，见根柱成了穷光蛋，生活还不能自理，领着孩子窜了。"

"你现在在哪儿？"

"前门大街附近的一个小宾馆。弟妹，我知道根柱对不住你，你知道这个事儿就中了，来不来随你意。你们要不收留他，我明天就买票回去，把他推回老家去，是死是活，由他去。"

"大哥，儿女们都大了，我不能一个人做主，晚上，我跟他们商量商量，明天给你回信。"

晚上八点，儿子回来了。约莫半小时后，响起女儿的敲门声。

吃着饭，楝花说了根柱的事儿。俩孩子没有吭声，一个个跟饿死鬼托生的一样，只管大口大口地吃饭。

吃完，儿子抹了一把嘴，说："我没这个爹。"

闺女收拾着碗筷，说："我爹死好多年了。"

楝花没再说什么。第二天，儿子闺女走后，她开始收拾自己的行李，然后打电话，联系那个表哥。

说起来才五十多岁，根柱却已老得不成样子。头发稀稀的，还白了不少。坐在轮椅里滴滴拉拉流口水，看见楝花又开始流眼泪。楝花蹲下去，擦罢口水，又蘸眼泪，嘴里骂道："老东西，这回舒坦了，你的咪咪呢？勾住你魂的咪咪呢？"

根柱头一歪，像早熟的大麦，嘴撇得像棉裤腰，呜呜哇哇地哭。

收完秋种麦，收罢麦种秋，日头升了落，月亮盈了亏，乡下人的日子每天都是这样波澜不惊，日复一日。

像是坑塘里猛然间落入一块大石头，涟漪一圈一圈地荡。稀罕死个人了，那个被车拉肩扛葬入乱坟岗的楝花竟然还活着，这真是比狸猫换太子还稀罕人。还有那个根柱，打楝花死后就失踪了，如今俩人一块儿回来了。

有好事的，跑到乱坟岗去看那墓，好好的，长满了草。于是，就开始猜，流传的版本有好几个。

知根把底儿的人，是那个老表，前前后后的事说完，老表说："五十多了，楝花背着儿女，又跟这个半瘫子根柱私奔了一回。"

父母离世好几年了，老房子里扯满了蜘蛛网，散着呛人的霉湿气。楝花在大伙的帮忙下，半天的工夫，就把屋子收拾停当，有了烟火气息。

时势和光景早已变了，老一辈儿的恩恩怨怨，人们似乎早已没了兴趣。年轻人忙着外出打工挣钱，上点岁数的忙着种地带孩子。过去的很多事，就像村街里的那口老井，被扣上盖子，封埋了。楝花和根柱的事，人们从老表那里知道底细后，剩下的只有感叹了，叹楝花福大命大，重情重义，说这样的人，如今不好找了。

余下的，是长长的、无穷无尽的，一眼看不到头的日子。

以后，楝花家每日敞开的院门，似乎向人们证实着：这里已是一个完整的家了。每天清晨，楝花会以手相搀，扶着根柱走出院门，到村头练习走路。这时，调皮的阳光总会在他们的脊背上跳荡腾挪，为他们剪出一幅好看的背影。

在楝花的照料下，根柱左胳膊做扠篮状，能独立行走了，说话也利索了许多。

一直到十年后，根柱又二次卒中。

6

根柱临终的那晚，回光返照，心里头可清亮，说话也很清晰。楝花拿起他的手，一只手垫着，一只手捂着，不停地跟他说话。

楝花说："我信命，你信不？"

根柱说："信，我也信。"

楝花说："那年，你大学没考上，落榜了两次，我就知道，这都是命中注定。"

根柱说："我没考上大学，跟你的命有关系吗？"

楝花说："有，你考不上大学，我才会有机会爱你，嫁给你。你没考上，我知道这是命里的安排。"

根柱说："你咋会知道命里有我？"

楝花说："我求人算过命，那人说，你这个闺女找对象，要找一个村的，最好吃一口井的水，住你家西边。最好找姓马的，你姓牛，他姓马，牛马一家嘛。那人还说，你们的婚姻开始的时候会不顺，遭人反对，不被族人祝福。但是，过了这个坎儿，就好了。那人说，你命里一双儿女，男人升官发财。不过，三十岁的时候，会有一劫，男人命犯桃花，被人拆散家庭，就看你能不能躲过。最终，你们还会夫妻聚头，一起终老。你看，他算得还算准吧。"

根柱听罢，两行泪冲出眼眶，齐头并进，在那张老脸上肆意流淌。根柱说："楝花，楝花，你就是个傻女子，傻得一点不透气。算命的编瞎话骗钱说胡话，你还当了真，一辈子当真。傻老婆，傻女子啊，你知道，那个算命先生是谁吗？那是——"

楝花一下捂住了根柱的嘴："不说，不要说，不能说，就烂在肚子里头。我愿意相信，这就中了。"

根柱还是要说，呜呜，呜呜，吐不出字儿，连不成句儿，然后拼力捅出最后一口气，走了。

（原载《牡丹》2020 年第 11 期）

白 纸 黑 字

1

汴京大学的后门紧挨着一座公园，叫铁塔公园。

塔是琉璃塔，北宋遗存，千年古塔，已属重点文保对象。铁塔行云，乃汴京八景之一。

塔身向东，有一大片水域，曰铁塔湖。月明星稀的日子里，铁塔湖西有古塔倒影，东有城墙壁立，湖面微漾，水景幻化，置身恍惚，让人徒生"不知有汉何论魏晋"之感。

这晚，银盘样的月亮正躺在水里晃悠，湖边摆放的一块巨石上，两个模模糊糊的身影突然就有了声音。

"叶子，我爱你，我不能没有你。没有你，我活不成，知道吗？"

"柳岸，我不能爱你，也不能接受你的爱。我是有婚约的人，知道吗？而且不是一般意义的婚约，白纸黑字，条条款款，写得清清楚楚明明白白。爱了你，我也会活不成的。"

2

夏天还剩下一截儿小尾巴的时候，1999 年的开学季来了。没人护送，也没人陪伴，坐了 3 个多小时的火车，快晌午的时候，叶子辗转来到了汴京大学。

没有背包，也没有拉杆箱，叶子肩上挎着手里拎着一大一小两个蛇皮袋，来到新生报到点，那样子，活脱脱一个刚刚进城的打工妹。

那些来迎接新生的学兄，个个像打了鸡血，镜片后面的眼珠子滴溜乱转。看见有些姿色的女生，他们一股脑跑过去，争着抢着去拎行李、做向导。对叶子的到来，这些学兄们却视而不见，依然聚在一起说笑打闹。

叶子左左右右地看了一阵子，正要开口询问，身后过来一个男生，精干，瘦削。他顺手接过叶子拎着的一只蛇皮袋子，问她："请问你叫什么名字？"叶子说："杨树叶。"男生听了，两侧的嘴角顿时伸展开来，他笑着说："那咱俩握握手吧，我叫柳树叶。"

叶子羞红了脸，掀起长长的睫毛狠狠剜了那男生一眼："取笑人很开心是吧。"男生止住笑，说："不是取笑，是玩笑，不过，我姓柳这是真的，叫柳岸。很高兴为你服务，来，我带你报到去。"

柳岸扛着叶子的蛇皮袋子领着叶子来到寝室的时候，只剩下靠门的一张床位了。屋子里挤满了来送孩子的家长，他们帮孩子挂好蚊帐铺好床后，又抱在一起千嘱咐万叮咛，依依不舍的样子。

柳岸说："没得挑，只有这张床了。"

叶子放下行李，说："挺好。谢谢你呀学兄。"

柳岸说："那你慢慢收拾吧，我就过去了。"

叶子把一缕散发拢到头顶，冲柳岸小幅度地摆了摆右手："学兄，再见。"

叶子开始收拾自己的床铺。室内共 6 个床位，一人一桌一床，还有室内卫生间，这样的条件，叶子打心眼儿里满意。她知道，自己能上大学，能住进这样的学生宿舍，有多么不容易，那是牺牲了一个女孩子最最珍贵的东西换来的。但是，只要能读大学，这样的牺牲和付出，她心甘情愿。

叶子心心念念的大学生活，就这样开始了。

在老家，叶子养成了早睡早起的习惯。她也没有太多的化妆品，洗漱简单。每日，天还灰灰亮的时候，她就会轻轻带上宿舍的门，去铁塔公园跑步。

初秋时节的铁塔公园依然满目青翠，走在窄窄的甬道上，凉凉的、爽爽的，让人心生惬意。铁塔湖面，飘散着淡淡的轻雾，丝丝缕缕的，像是在描摹一个人的心事。

湖边的一块巨石上，一个男生面湖而坐，呜哩哇啦地在背诵英语。叶子加快脚步，要绕过那块石头，那男生却喊住了她："叶子同学，早啊。"叶子停下脚步，认出是学兄柳岸，跑过去打招呼："早上好，学兄。"

柳岸拿眼把叶子从头到脚扫了一遍，然后说："怎么样，大学生活还适应吧？"

叶子撑开睫毛，盯了一眼柳岸，又及时把眼光移到了湖面上，说："还好，我对各种生活都能很快适应。"

"哦，对了，我看了你的学籍信息，你家是卢氏的，你知道吗？我是灵宝人，近老乡呢。"

"是吗？我看你不像是灵宝人，是不是编瞎话攀老乡啊？"

"真不是编，不信，我拿身份证给你看。"

"不用。出门求学，他乡遇故知，一件很幸运的事。"

"说起来，还挺有缘的，那天新生报到，我接到的第一个女生就是你，后来还发现是近老乡呢。"

"是挺有缘的，你是我在这个城市认识的第一个人，一个挺热心的近老乡。"

"老乡见老乡，两眼泪汪汪，以后有要帮忙的事情，别跟我客气，谁叫我是学兄呢。再说，杨柳是一家嘛。"

听了这话，叶子的脸有些泛红，晨光里，像一枚长熟了的灵宝苹果。叶子再次把目光投向湖面，看见掉进湖里的日头，被揉成了一块块亮亮的金色碎片。

从这天开始，叶子每天出去跑步，都会如期碰上柳岸，他们立在湖边，聊一阵，然后开始新的一天。

树下的落叶，一天天多起来。不久，落叶上还结了霜雪。那天，风有些寒，叶子裹了围巾跑出来，意外地没碰上柳岸。第二天，依然没有。叶子靠在那块石头上，看湖水无所事事地涌来倒去，心生沉沉的落寞。

柳岸出现在湖边的时候，是一周后的清晨。他穿一件天蓝色的薄羽绒服，面色晦暗，眼窝有些塌陷，人显得愈发瘦削了。

"学兄，是家里出什么事情了吗？"

"我父亲去世了。他有病，一直瞒着我，直到瞒不下去。"

"学兄，节哀啊，生老病死，任谁也躲不过的。"

"这我明白，只是，没有了父亲，我就是孤儿了。"

听到这里，叶子嘤嘤地哭了，柳岸也落起了泪。

"学兄——"叶子扑过去，伏在柳岸的肩头，哭得更厉害了。

哽咽着，叶子对柳岸说："学兄，你知道吗？其实我也是孤儿呢。"

5年前，叶子的父母被人骗到黑窑厂打工，闷死在了坍塌的砖窑里，没有得到一分钱的赔偿。从那时起，叶子和残了一条腿的爷爷相依为命。

流了一阵子泪，叶子惊醒了一般，突然挣脱了柳岸的怀抱。怎么突然就抱在了一起呢，鬼使神差一样。叶子抹了抹眼角的泪，头一低，就跑开了。

柳岸怔怔地看着叶子跑离自己的视线，呆呆地在湖边静坐了一会儿。

有风掠过湖面，那湖，愈发深不见底了。

3

还是那只蛇皮袋，叶子拎着它走进了火车站。正是春运的高峰时期，候车室乱成了一锅粥。

刚站定，柳岸拉着一个帆布箱子过来了："这么巧，你也坐这趟车回家。"

叶子看出了他的小心思："真是这么巧？真巧。"

柳岸抓了抓自己的后脑勺，说："去三门峡，也就这趟车了，没得选。"

叶子笑了，很开心的样子："我以为你们学院事情多，还有几天才回去呢，就没给你打招呼。正好，一路同行。"

车到三门峡，俩人在站台再次相遇。柳岸说："赶到饭点了，我请你吃个饭，然后再坐汽车各自回家吧。"

叶子不忍拒绝，朝他微微点点头。

一进饭店的雅间，柳岸就迫不及待地抓住了叶子的手："叶子，随你一块儿回来，我是有事情给你说，我要向你表白，我爱你，很爱很爱。你能接受我吗？"

叶子木木地立着，倏然，有两颗泪，从她密密长长的睫毛间滑落下来："学兄，你先坐下来，我给你看样东西。"

坐定，叶子从包里翻出一个折叠着的牛皮信封，展开，抽出一张白色稿纸，纸张的最上头印有一行红字："界岭乡老牛寨村民委员会稿纸"。柳岸看到，稿纸上白纸黑字写着这样一些内容："婚约协议。村民杨树叶与时来运自愿订婚。协议生效后，时来运需一次性付给杨树叶学费人民币伍万元。双方约定，2003年女方大学毕业后举办结婚典礼。其间若男方悔婚，女方分文不还；若女方悔婚，需给予男方双倍赔偿。"

看罢，柳岸瞪大了眼："叶子，你怎么能这样轻率呢？什么年代了，还签这种'典身协议'。"

叶子突然伏到桌子上，嘤嘤地哭起来："我能怎么样？我要上大学，我要读书，我要走出老牛寨，典身求学，这是唯一的出路。"

　

父母走后，爷爷瘸着一条腿，忙完地里忙家里，苦苦地撑着这个家。爷爷知道叶子是个苦命的孩子，几次想劝她辍学回家，可就是没能张开这个口。而叶子从屈死的父母身上领悟到：要改变自己的命运，要让爷爷过上好日子，只有走出去，走出这困死人的山沟沟。为此，她只有拼了命地读书学习。

夏天的时候，叶子如愿以偿，收到了汴京大学的录取通知书，这是省里最好的大学，在古都汴梁城。

金榜题名，给爷孙俩带来的不是满心的喜悦，而是满脸的愁容。一学年的学费，半学期的生活费，加在一起将近一万元。那天，爷爷扳着指头给她算了一笔账：一头牛，能卖1500元；两头猪，能卖1400元；十二只鸡，能卖360元；囤里的粮食，能卖1100元。除了这些，就再也没有可卖的东西了。这样加起来，才积攒到4000多块钱，还差好大一截子呢。

叶子知道，爷爷算的是全部的家底，有些东西是不能卖掉的，比如牛、鸡、粮食，自己上学走了，爷爷还要过日子呢。

爷爷说："这些天，我求了亲戚，找了村里的干部，想到信用社贷点款，可咱没有可抵押的东西，也没有愿意担保的人，人家硬是不贷给。这可愁死爷爷了。"

爷爷作难作心的样子，让叶子难受极了。她无望地看着深邃的夜空，见忽明忽暗的星星，在云层里探头探脑，躲躲闪闪，浅薄、冷漠、无情。一行清泪在叶子的脸颊慢慢爬动，凉凉的、涩涩的。

那晚，叶子想到了放弃。

第二天，叶子随爷爷下地干活，给坡地的玉米松土除草。站在玉米地里，抬头一方天，俯身一片土，满耳牛羊声，瞅着瘦骨嶙峋白发稀疏的爷爷，叶子无端地心寒起来：自己会不会就像爷爷一样，在这片窄狭的天地里终老一生？

地头休憩的时候，叶子对爷爷说："爷爷，我想给自己找个婆家。"

爷爷像是没有听见，依然抽着他的老烟袋，眯缝着眼，盯着一队正在搬家的蚂蚁。

抽完一袋烟，爷爷一边在鞋底子上磕着烟锅一边说："这事儿我倒是想过，没敢提起。没了爹娘，爷怕委屈了我孙女。说起来，你今年还不到 18 呢。"

叶子说："爷爷，村里有女子不到 18 就订了婚的，有啥委屈的。"

爷爷问："想找个啥样的人家呀？"

叶子说："我想好了，就两条。一、人要老实本分，二、能资助我上大学。"

爷爷一只手撑着地，慢慢站起身子，拍了拍手上的土："孩子，我这就张罗去。"

老媒红德顺爷信息灵通，很快就给叶子物色到了这样一户人家。小伙子叫时来运，今年 25 岁，初中毕业，人老实能干，开大车跑运输，家里还有上百亩的果园，是山里头少有的殷实人家。

小孩和父母都同意，愿意出钱供叶子上学，将来娶她为妻，只是——德顺爷说到这里，与爷爷咬起了耳朵。咬过，爷爷说："好，有个约定也好，咬个牙印，丑话说到头里，白纸黑字的，大家伙都放心。"

当晚，在村民委员会主任的主持下，叶子，也就是杨树叶，与时来运签下了那份订婚协议，白纸黑字间，还摁下了俩人红红的手印。

4

走近家，叶子发现一切都变了。院子砌了围墙，进院的路修了台阶，还建了一个不大不小的院门楼。再近些，有肉香味挤过院门飘散过来，那是爷爷在张罗年饭了。

爷爷的左腋下撑着一个铝合金的拐杖，新崭崭亮灿灿的。爷爷说："来运这孩子有眼色、懂事、精能，见我每天拄着个破棍子，就去县城给我打了这副拐，轻便，还舒服。"

爷爷指着屋里头堆着的一片东西，对叶子说："要过年了，来运拉了一大堆年货，米面油，鸡鱼肉，全全的。来运说我腿脚不好，赶集上店不方便。还有，秋，是来运帮忙收的，地，是来运帮着种的。收完秋，种完麦，就开始动手修院子，塌墙烂院的，他给收拾得规规整整有模有样的。是个好孩子，找了他，是前世修来的福呢。"

叶子没接爷的话茬子，她说："爷，咱吃饭吧，我饿了。"

擦黑儿的时候，来运来了，他听说叶子放假回来了。刷了锅碗，爷爷说："趁天还没有黑透，你们俩出去走走吧。"

老牛寨挂在一面山的半坡上，高高低低的房子，散落在一条山沟沟的两边。在一棵老柿树下，俩人停住了步。

"是今天回的寨子吧？"

"嗯。"

"路上走了多长时间？"

"3个多钟头。"

"放多少天的假？"

"1个月。"

"过完十五就走啦?"

"嗯。"

干咳,沉默。

"谢谢你,帮爷爷做了那么多。"

"我帮不了你,就多帮帮爷。"

"其实,你已经帮了我。"

"我愿意帮。也应该帮。叶子,今年我又挣到了一些钱,果园收入8万多,跑车挣了10万多。明年,俺打算盖一栋三层小楼,将来做我们的婚房。"

"天不早了,咱走吧。"

来运走后,叶子躺到床上,大睁着两眼,睡不着。思绪像一只调皮的小鹿,引着她跳回到了汴梁城,回到了汴京大学,回到了铁塔公园的那块石头旁。

叶子,受世界互联网大潮的冲击,中国的互联网时代已经开启。去年4月,张朝阳团队完成了中文搜索系统的开发,差不多是中文版的雅虎系统,最后变成了搜狐公司。同年8月,王志东考察美国,接触到北美最大的中文咨询类网站,经过一阵合作谈判,12月1日,新浪网宣告成立。而在广州的丁磊,也把网易从软件销售公司变成了网易门户网站。还有,顺应互联网时代的需求,刘强东在中关村创办了京东公司。马化腾和他大学时的同学张志东正式注册成立深圳市腾讯计算机系统有限公司,即现在的腾讯公司……

"哎,叶子,电视剧《还珠格格》你看了吗?那可是火遍了大江南北,开创了中国电视剧最高点突破65%的收视纪录。里面好几个大眼睛姑娘，演得都特别棒。有专家说，《还珠格格》的诞生，开启了国内的造星时代……

"叶子，听说了吗？我国转基因羊研究已获重大突破……"

叶子连忙闭上眼，在生自己的气：刚刚送走时来运，怎么会突然想起那个学兄柳岸呢？

开学返校，一进站台，叶子就看到了正在等车的学兄柳岸。没有事先约定，他们搭乘的还是同一个车次，真是巧。

车到汴梁城，他们没有直接返回学校，柳岸带着叶子去逛龙亭公园。

在公园的情人岛上，柳岸说："叶子，资助你求学的那5万元，是你给自己戴的一副枷锁，它让你失去了爱的自由，我想帮你砸碎它。"

叶子叹一口气，说："自由谁愿失去，真爱谁不奢望，可是，现实谁能逃避。"

柳岸说："都21世纪了，作为新时代的大学生，我们该为自由和爱情去争一争。典身协议，那是旧时代的产物，我们一起撕毁它，不就是双倍赔偿嘛，不就是10万元嘛，2003年前，我们还他就是了。"

叶子说："其实，悔婚，不仅仅是钱的问题，还有村民委员会主任的权威，德顺爷的脸面，爷爷一生的气节，来运的敦厚善良，还有村里人的吐沫星子，哪一点，我都无法面对。"

柳岸说："在真爱面前，在漫长的人生面前，这些都是需要一一迈过去的坎儿。这不是自私，是对自己对所有人的负责。叶子，我愿意和你一起去面对。"

叶子抬起长长的睫毛，情意绵绵地看着柳岸，一双大眼热热的润润的："学兄，我就不该遇到你，真的。遇到你，我就没了主意，总是当不了自己的家。"

5

这以后，柳岸就开始利用课余时间挣钱攒钱了。他做了两份家教，还在餐馆里谋了个跑堂的差事。每天那么苦那么累，却连一碗热汤烩面都舍不得花钱去吃，总是两个馒头，一块咸菜，一壶开水，就把自己打发了。人愈发清瘦了。

柳岸最幸福的时光，就是每天清晨在铁塔湖边与叶子相见，他们海阔天空地聊，发自内心地喜欢着对方。为了爱情，他们愿意背对整个世界。

这年的暑假，柳岸和叶子都没有回家。放假前，他们联系了一家超市，做收银员，每月每人可以挣到1200元。

转眼到了2003年的春节，担心年迈的爷爷，叶子决定回家过年。

爷爷的身体更弱了，挂着拐杖，还颤颤巍巍的。

爷爷说："前几天，来运的父母和你德顺爷来过了，说你再有半年就大学毕业了，看日子，订席面，好多事都要提前做打算，时家是本分殷实人家，好面子，讲排场，要热热闹闹地办一场婚礼。"

叶子绷着嘴，呆呆地坐在那里，心里头却像是装着一锅煮开的水。她不知道怎样张口，把自己打算毁约悔婚的事情给他说明白。

爷爷又说："我孙女打小就是个有主见的人，怎么想的，给爷爷说说。"

叶子开口了："告诉时家和德顺爷，最后这学期要实习，还要论文答辩，没时间考虑结婚的事。等我毕了业，稳当住了工作，再做商议。"

爷爷说："我孙女说得在理，我这就给他们说去。"

叶子这样推托，是因为他们攒的赔偿款眼下还有 2 万的差额。

过完年返校，在站台上，叶子没有碰到柳岸。到校后，打公用电话联系他，依然没有音讯。叶子去经济学院打听，才知柳岸春节回家后就病了，很严重，现在郑州的医院呢。

当晚，叶子就坐火车赶到了郑州。在医院，医生告诉她："病人需要做胃切除和动脉瘤剥离两项手术，手术费大概需要 15 万。"

叶子再次陷入了绝望中，她瘫坐在门诊大楼的台阶上，看着耸入云端的大楼，万家灯火，温馨闪烁，没有一盏是属于自己的，或者跟自己有丝毫的联系。霎时，无边的孤独感阵阵袭来，痛彻骨髓。

叶子想："也许现在的我，就是柳岸全部的希望了。他得了这样的病，也是因了我，因了我的自由和爱情。我要救他，别无选择。"

第二天，叶子又回到了老牛寨。她对爷爷说："爷，把时来运喊来，我要跟他商量商量结婚的事。"

云里雾里的，爷爷一时摸不着头脑，只是高兴，说："我这就去。一瘸一拐地走了。"

带着来运送给她的 10 万元存折，叶子又火速赶往了郑州。

昨晚，听说叶子要和自己的老师投资开发一个科研项目，来运这个憨厚的小伙子二话没说，就拿出了揣在腰里的存折，说："这是俺给你准备的结婚彩礼，正好派上了大用场。"

叶子接过折子，扑过去抱住了来运，说："谢谢，谢谢你。"

来运一时没缓过神儿来，僵僵地立在那里，脸，瞬时红到了脖颈。

柳岸出院后，就开始忙着求职应聘的事，为了能和叶子在一起，他选择留在汴梁城，去了一家化工厂工作，每月有不到 2000 元的工资。为了多挣到钱，他背着叶子去夜市摆摊，卖一些批发来的小商品。他知道，现在，要挣脱套在叶子身上的那副枷锁，他们需要积攒到 20 万，这对两个无依无靠的年轻人来说，无疑是天文数字。

那天，叶子看到在湖边等她的柳岸竟靠在大石头上睡着了，头发干枯，面色蜡黄，这样下去，他还能撑多久？

蹲在柳岸身旁，叶子心疼地哭了。

学业结束后，叶子不辞而别，一个人回到了老牛寨。临走，她托人转给了柳岸一封信。

"学兄柳岸：我走了，回老牛寨，筹备与来运结婚的事情，去履行我们的婚约。我不能为了追求所谓的自由和爱情，自私到对什么都不管不顾。我不能背叛老牛寨，不能不顾爷爷的死活，不能辜负德顺爷的好心肠，不能欺骗来运的真诚和善良。我感谢这些年来你对我的好，对我炽热的爱，让我每天沐浴在爱的阳光里，享受真爱的苦和乐、甜与痛。有过这些，我已此生无憾。靠我们微薄的力量，终究逃不出现实的藩篱和命运的安排，这是一道无解的命题。而且，在经历了一些事情后，我渐渐爱上了来运，他很多的优点和长处，是我们不具备的，嫁给他，我会幸福的，这也会是一个皆大欢喜的好结局。学兄，你身体不好，要学会好好照顾自己，别太拼。我是你永远的学妹。"

6

回到家，叶子浑身上下像是被人抽了筋骨，软软塌塌地打不起精神，不想动弹，不爱说话，也不愿吃饭，绵蚕儿样蜷曲在床上。

爷爷烧了鸡蛋茶，晃晃悠悠地端进来，然后斜坐在床沿上，一遍一遍地问她："妮儿，妮儿，是不是病了？请来个先生看看吧。"

叶子平躺着，长长的睫毛覆在那里，有气无力地说："爷，我没事儿，就是累，歇息几天就好了。"

躺到第五天头上，叶子一大早就起了床。对着镜子，她把披散着的长发梳理得一丝不乱，清汤挂面一般。

把自己收拾停当，叶子告诉爷爷："我出去一下，去找时来运，把结婚的事情再定定。"

爷爷说："眼下，你是村里第一个毕业的大学生，字墨儿深，有见识，有些事儿自己该做主就做主。爷爷老啦，不中用了，也帮不了你许多。唉，我苦命的孙女耶。"

听了爷爷的话，叶子止不住鼻腔阵阵发酸，甩落一串泪珠，她捂着嘴跑出了院门。

还是那块山坡，还在那棵老柿树下，叶子和时来运盘腿坐下。

叶子掏出那个信封，说："来运，我大学毕业了，按照约定，要和你结婚了。"

来运沉默了好一会儿，问叶子："约定归约定，叶子，掏心窝子说，你愿意和我结婚吗？"

叶子不假思索地说："我愿意。订婚协议，白纸黑字，我为什么要毁约呢。再说了，有了这个婚约，我幸运地读完了大学，爷爷也过上了好日子。人，是要懂得感恩的。而且，你又是那么好的一个人。"

说完这些，叶子突然看到来运的手有些抖。他摸摸索索地抽出一支烟，要点，才发现含错了头儿。

猛抽了两口，那支烟已燃了三分之一多。来运说："今儿个要是不把话说透，不知道你会瞒我到啥时候。"

叶子诧异起来："来运哥，我瞒你什么了？所有的一切，都是按照约定来的呀。"

来运说："昨儿个，有个叫柳岸的人找过我。"

叶子再次软塌下来。不用猜，过去四年里所有的一切，柳岸都告诉了来运。

叶子揪起一截儿草，在手里来来回回地捻搓着。她对来运说："刚刚走出大山那会儿，就像逃飞出笼的鸟，憧憬爱情，向往自由，心野得很。说实话，为了追求自由婚姻，我产生过背离道德、悔婚毁约的念头，有过甘愿舍弃一切去追求真爱的冲动。可是，当飞翔的翅膀被一次次折断，你要匍匐在地直面现实的时候，会发现自己舍命追求的东西，已成虚无缥缈。这就像我们小时候去镇上读书，翻不了的山，我们就绕着走，回过头来看，那只是走过了一段弯路。"

来运说："说心里话，签那份订婚协议的时候，我是一个赌徒的心理。我知道，飞出大山的鸟，是不会再回头的，因为她向往的是海阔天空。我能做的只有对你好，对爷爷好，我想感化你，让你变成一只信鸽，飞得再远，也记得回家的路。"

叶子说："来运，我已经被你感化了，我已经变成了信鸽，我现在飞回来了。"

来运苦笑了一下，说："叶子，论年龄，哥比你大，哥实诚，哥不憨傻。哥知道，你爱柳岸，只是那20万块钱，是横在你们面前的一座山。你不想让柳岸为了你再去舍命打拼，就选择委曲求全，把自己嫁出去，嫁给一个你根本不爱却摆脱不了的人。叶子，我说的对吗？"

叶子听罢，伏在自己的膝盖上嘤嘤地哭起来："来运哥，我求你别说了，别说了。"

这时，来运伸出手，把那份订婚协议拿起来，唰唰几下，撕成了碎片，抛下，像一捧飘落的花瓣儿。

来运说："叶子，我想对你说，订婚协议是我撕毁的，不是你不愿嫁，而是我不愿娶，毁约悔婚的是我，不是你。"

"来运哥——"叶子一声凄厉的喊叫，在半山腰悠悠回荡，如鸟儿啼血的嘶鸣。

来运说："叶子，哥知道，男婚女嫁，讲究的是个缘分，这辈子咱俩无缘做夫妻，就有缘做兄妹吧，只要你肯认我这个哥。"

"哥——"叶子的这一声喊，在山野间悠悠回荡，也把老日头从云层里给唤了出来。霎时间，整个山坡暖洋洋的。

（原载《文艺界》总第 3 期）

花 枝 俏

1

林俏和俊枝好了五年多，林俏决定要娶她的时候，俊枝却提出了分手。

大河南岸，一条蜿蜒的长堤，宛若巨人的臂膀，吃力地托起一处绿树红瓦的村落。这就是林俏的汴堤湾村。

堤坡上，林俏正倚靠在一棵苦楝树旁，等着和俊枝的最后一次约会。

俊枝来了，背着背包，拉着箱子。粉嫩的小脸上，结满冰霜。

林俏跑过去，接过俊枝手里的箱子，问她："俊枝，你是铁了心要走？"

俊枝抹一把汗，脸上依然没有"开化"的意思。她瞅着自己的脚尖，回答说："林俏，我真的要走了，去东莞，下午的火车。"

林俏沉默了好一会儿，抬头盯着楝树上的一个鸟窝子，说："不是说好了吗？等俺爹的病见轻了，咱俩一块去，你咋又犯想了呢?"

俊枝把眼神转移到远处的村子,那里,一层淡蓝色的炊烟正缠缠绕绕,飘来荡去。俊枝说:"林俏,我等你一年、两年、三年,到现在都五年了,你说,人这一辈子能有几个五年? 再等,我人老珠黄了,跑不动了,这辈子都交待了。"

林俏自知理亏,说话有些嘟嘟囔囔的:"爹的病现在还离不开人,我不能撇下他不管不顾。"

俊枝也放低了声音,对他说:"你善良、懂事、孝顺,这也正是我爱你的地方。可我,我也有自己想要的生活,跟着你,我看不到希望,也找不到生活的方向。"

林俏见俊枝情急之下,说出了内心话,决计不再挽留相劝,他说:"要是你觉得我,还有这个家连累你了,让你觉得今后的日子没有奔头、没有盼头、没有希望,那你就远走高飞,结束这样的不幸,去寻你想要的生活吧。"

俊枝说:"也许是不幸的结束,也许是不幸的开始,谁也没长前后眼,能过啥样的日子,听天由命吧。"

俊枝说完,拉开背包,拿出一沓衣服,说:"这是我给你和大伯选的几件衣服,替换着穿吧,这样的事以后你要自己操心了。"接着,她又把手伸到提包的深处,掏出一个用红绸布包裹着的东西,"这个镯子还给你。当初订婚的时候,你娘说过,谁给你做媳妇儿,谁才有资格佩戴它。看来,我是没这个福分了。"

林俏说:"不,不是你没资格戴它,是我没资格娶你。"

俊枝退还这副镯子的时候,粉嫩的小脸上爬动着泪,她哭着说:"林俏,这日子本来就够苦辣、够难过了,咱谁也别再拿话来伤谁,咱好说好散吧。不管咋说,我们有过五年的缘分,是够珍藏一生的了。"

林俏的眼，也被蒙上了一层泪雾。俩人不约而同地展开双臂，来一次最后的拥抱。这一刻，他们都感到，对方的身子在瑟瑟战栗。

林俏帮俊枝拿好行李，对她说："出门在外，照顾好自己。祝你幸福。"

俊枝甩落一串眼泪，沿着古老的长堤，向远方走去。

2

村庄的许多故事，是从一扇扇洞开的大门里演绎出来的。而村庄的印记，似乎就刻在那一扇扇悄然开合的木门上。村街两旁，厚重的木门、漆黑的铁门、简陋的柴扉，或精致，或古朴，或高贵，或卑微，远古至今，一直都在编织着村庄的梦想，涂写着村庄的沧桑。

从长堤回来，林俏推开了他家的那扇木门，感到了从未有过的沉重。

父亲半躺在床头，一脸清瘦，面色蜡黄。做过胃切除手术后，他至今还不能下地走路，全靠林俏床前床后地伺候着。

快晌午的时候，村党支部胡书记敲开了他家的院门，因是保媒的人，他最早知道了俊枝悔婚的事。进屋后，他坐在林俏的对面，一根接一根地抽烟，脚下丢满了踩灭的烟头。

父亲知道这事后，一连声地叹气，眯缝着眼，不愿睁开。他对胡书记说："唉，兄弟，都是我这不死不活的病拖累了孩儿。这些年，家里养的、地里种的，里里外外攒下的钱，都让我看病用了、买药吃了。你说,我咋不咯嘣一下死了呢?"

胡书记又掐灭一个烟头,说:"中了老哥,别自己淘愧了,人吃五谷杂粮,哪有不害病的?再说了,谁愿意害这病呀?"

父亲说:"要说,人家俊枝也够通情达理了,不像有的闺女,订婚要彩礼,狮子大张口。人家知道家穷,彩礼、三金,啥都没要,只盼着能有个藏头过日子的新房,这要求不算高。可我们硬是盖不起,咋娶人家过门呀?"

胡书记一阵咳嗽后,清了清嗓子说:"听说,俊枝跟跑大车的栓柱好上了。这些年,前街的栓柱,贩辣椒,收大蒜,运化肥,啥挣钱拉啥,家底儿也厚,有楼有院,气气派派的。"

父亲说:"人往高处走,水向洼处流,谁不巴望过好日子呀?不怪人家,更不能怨人家。"

胡书记又点着一根烟,喷出一口烟雾后说:"是啊,说起来,这事儿不怪你,也不能怪她,怪命。这些年,你们家的日子那是床底下放风筝——起不来。说句不好听的话,那是走得慢了穷撵上,走得快了撵上穷。"

父亲说:"可不是嘛,这前后街的谁不知道啊,先是打发三个闺女出门,花钱办嫁妆,年年借钱欠账。这些事儿刚办完,他娘又得病过世,才缓过劲来,我又害上了这死不了活不成的病,每天床前床后的要人伺候,连累孩儿也没办法出去打工挣钱。不怨俊枝,这闺女够仁义了。"

胡书记拍拍闷头坐着的林俏,拿话安慰他:"因病致贫,你家就是这种典型的贫困户啊。话说回来,现在的姑娘啊,眼睛长到额头上——全是高眼儿,谁不想攀高枝儿。当初我给你们保媒拉线,也是看你俩怪投缘,哪知道,这好姻缘也扛不过坏运程,你俩的红鲤鱼吃着扎嘴呀。"

听到这儿，父亲又激动起来："我不能动弹，还连累了孩儿，我就是多余活着，我真想弄瓶农药一喝，一了百了。呜呜。"

林俏缓过神来，劝父亲："爹，我和俊枝结不成婚，是有缘无分，不怨你。再说了，娶不上媳妇，我还可以再找，没了爹，我这辈子上哪儿找去呀？"话说得有些哽咽。

胡书记叹了口气，说："老哥，你可别灰心。林俏，你也别泄气。穷，谁家也没扎下穷根，慢慢来，会有转机的，村里也不会对你们不管不问，会帮衬的。"

3

好像是北归的雁鸣声，把姗姗的春天唤了回来，把暖暖的春风捎了过来。这是大自然最为慷慨的季节，乡野间的空气和景致，丰富得让人无法准确去描述，连河流都有了声音，潺潺的、汩汩的，如最美的情话。

林俏喝醉了酒。这些天，失恋的阴影，一直困扰着他。在镇西的乡道上，他一边画圈走路，一边扯着嗓子号着那首《爱情买卖》："出卖我的爱，逼着我离开，最后知道真相的我，眼泪掉下来；出卖我的爱，你背了良心债，就算付出再多，感情也再买不回来……"

路旁，有一大片果林，一个姑娘正给果树剪枝，忽然听到熟悉的声音，她立马停下手头的活，侧耳细听。听着听着，这姑娘竟掉起了泪。她连忙扔下手头的剪刀，朝路边跑去。

正唱着，林俏脚下一滑，滚进了路沟里去了。

　　跑来的这位姑娘，突然看到了躺在路沟里的林俏，急忙赶过去，要摇醒他："喂，喂，快醒醒啊。"

　　姑娘定定地看着醉酒的林俏，双眼顿时射出奇异的光来，热辣而羞涩。她调皮地跑下沟底，双手合拢，捧起一泓清水，慢慢走近林俏，把那水轻轻地洒向他的脸。

　　冷水浇面，林俏猛地打了个激灵，缓缓睁开眼，然后一把抱住那姑娘，要亲，嘴里喊道："俊枝，我的俊枝，你到底是飞回来了，俊枝，我爱的俊枝。"

　　那姑娘轻轻推开他，瞪圆一双好看的大眼，嗔怒道："喂喂，看好了，谁是你的俊枝。"

　　林俏似乎一下子清醒过来，他猛地坐起，看着眼前这位清秀的姑娘，问："你是谁？我怎么在这里？"

　　姑娘忽闪着一双大眼，似乎有些害羞："你不认识我，我可认识你，大名鼎鼎的乡村歌手林俏。我在市里打工的时候，听过你唱歌，挺棒的。"说着，她立起大拇指，为他点赞。

　　林俏拍拍头，说："爱好而已，瞎唱。可我还是不知道你是谁。"

　　姑娘把头一扭，一副俏皮的模样："问我是谁呀？保密，姑娘家的事情不能乱打听。不过，离开前，我有几句话要送给你。一、那个叫俊枝的嫌弃你家穷，跟别人好上了，这样的人不值得你伤心留恋；二、穷，不会在谁家扎下穷根，在家创业，好好经营，好日子会有的；三、要知道，这世上不全是嫌贫爱富、贪恋富贵的人，好好活，慢慢等，会有好姑娘爱上你的。怎么样？这鸡汤香不香？走啦，再见。"

　　那姑娘说罢，一阵风似的飘走了。

目送着姑娘的背影消失在果林里，林俏歪歪斜斜地站起来，他拍掉滚在身上的泥土，晃晃悠悠地往家走。

"春雷响，万物长。"很多时候，春雨是不等那雷声的，它只是扯动春风的透明的帆，把雨水洒到它应该去的所有地方。乡野间，树木开始走动，它们在细雨中穿行，低着头，打着树冠的伞。

春风春雨的催促中，又一年的播种开始了。

林俏开着四轮拖拉机，车斗里坐着他的父亲。

看见林俏，正站在村委大院里打电话的胡书记，招手让他停下来，问他："林俏，今年打算种些啥呀？"

林俏跳下来，说："老话说，庄稼活，不用学，人家咋着咱咋着，也栽辣椒、种甘蔗呗。"

胡书记说："中，先种几亩试试手，掌握住要领，来年可以多种些，上面有帮扶资金。对了。下月扶贫工作队要来村里了，第一件事儿就是办种植技术培训班，到时候你要带头参加学习呀。"

林俏说："正瞌睡呢，给个枕头，多好的事啊，我一定参加。"

胡书记又说："还有好事呢，听罢，你会笑得嘴巴咧到耳根上。前几天，宗店的马书记见到我，托我给你保媒呢，宗店那个叫桐花的姑娘看上了你，那可是镇上的一枝花呀。虽说，你的红鲤鱼吃着扎嘴，碰上这样的好媒茬儿，我还是得吃啊。"

林俏启动车子要走，说："还是别麻烦胡书记了，俺家的庙小，供不起这样大的神灵。我谢谢你了。"

胡书记："哟呵，老婆儿炸麻花，你还拿起劲儿来了。等哪天你见到了桐花，怕就不会这样嘴硬了。"

4

风调雨顺，墒好肥足，才一个多月的工夫，种下的甘蔗苗就蹿有半人多高了。

甘蔗林地头，有一张绳床，床上的拱棚覆着草帘子，帘子的下面并排坐着一对青年男女，在甘蔗林的映衬下，勾勒出一幅亮丽动人的青春剪影。

风抚蔗林，沙沙作响，有姑娘清脆的笑声飘荡过来："说，谁家的庙小，谁是大神灵，呵呵……"

并排坐在那里的是林俏和桐花。那个叫桐花的女孩，就是林俏醉酒时碰到的那个姑娘。他们望着荟郁茂密的甘蔗林，悠悠地晃动着吊着的双腿，沉浸在恋爱的幸福中。

林俏说："当初，我哪知道桐花就是你，你就是桐花啊。要知道，打死也不会说。"

桐花把一只手搭在林俏的肩上，说："其实，好多年前，我就喜欢你，可那时你与俊枝订了婚，我只能暗恋你。你给人家做伴郎，在婚礼上唱的歌儿，我可喜欢听了，特别是那首《因为爱情》，唱得最棒了，我用手机录了音，一遍一遍地听，百听不厌呢。"

林俏也把胳膊搭过去，搂着心爱的人那瘦削的肩头。

林俏说："其实，我哪是在唱歌啊，更多的时候我是在排解内心的愁闷，苦中作乐罢了。家里的日子过得不如人，受人歧视，打小我就没有快乐，我觉得，我要是不唱，不喊，可能早就疯掉了，也不会等到你。"

桐花顺势歪倒在林俏的怀里，说："这些年，我拒绝过很多人，冥冥之中像是在等一个人。我要等的这个人，他也许没有好的家境，没有好房子，没有好车子，但他一定是乐观的、向上的，有爱心，更有孝心，这个人好像就是你。我固执地认为，婚姻的关键是要找对一个人，贫穷、困境，这些通过努力打拼，都可以改变，而要改变一个人却很难很难。你说是吧。"

林俏抱着桐花细溜圆乎的身子，对她说："傻丫头，我没那么好，你可能看走眼了，等看透了我，可别后悔哟。"

桐花忽闪着一双好看的大眼，说："我不是三岁小孩，我有自己的判断，也相信自己的眼光。不过——"桐花折起身子，抬手捏了捏林俏的鼻头，对他说，"我要对你约法三章：一、赶紧摘帽，贫困户，这名字好说不好听。二、爹的病好之前，咱就在家创业挣钱，要照顾好爹。三、这是最重要的一条，不许跟那个俊枝藕断丝连，再有任何来往。"

林俏看着桐花，笑了："又是三条，这鸡汤可是辣味儿的呀。"

桐花一脸的严肃："别笑，记住了没有。"

林俏把桐花箍得更紧了，说："记住了，老婆。"

桐花在林俏的怀里调皮地扭动着身子，娇嗔道："谁是你老婆呀，八字还没一撇呢。"

夏天似乎知道自己的使命，它铆足了劲儿，把白昼一点点拉长，好让世间万物借助它的光照，存储养分，节节生长。时不时地，它会拢来一团云，洒下一阵雨，让那些贪长的庄稼吃饱喝足，满满地积蓄着生长的力量。在它的注目下，辣椒红了，甘蔗甜了，满眼的庄稼熟了。

瞧——村前的辣椒地，红红的，燃起一片火；村后的甘蔗林，齐齐的，站成一群兵。辣椒地里，人们在忙着采摘，装箱，装车，外运。甘蔗林里，砍伐，打捆，扛运，人欢马叫。

在成堆的辣椒旁边，在茂密的甘蔗林前，林俏和桐花不断转换着场地，用手机进行网络直播，把田野丰收的喜悦通过视频直播传送出去，还吸引来不少采购的外地客商呢。

前些日子，林俏和桐花迷上了网络直播。每天下工以后，俩人就会聚到自家的直播间里，唱歌，聊天，讲故事，俨然一对黄金搭档，很快积累了数万的粉丝量，已开始有人找他们做广告宣传了。

如今，这一对情侣有了一个代称，大伙喊他俩是"小村网红"。

这年的秋天，汴堤湾的辣椒、甘蔗，销得快，价钱好。村里人都说："该给林俏桐花记一功嘞。"

5

秋收冬藏的活计忙完后，天，一天比一天冷了。乡野间，青黑的麦苗，辽远的天空，嘹亮的鸽哨，构成一幅安谧恬静的冬景图。这是大自然酣然入梦的日子，所有的生命却仍在潜滋暗长，有很多的美好还在悄然萌动。

头顶着头，林俏和桐花算完了一年的收支账。

合卜本子,桐花对林俏说:"哎哎,趁你手头有钱,赶快把我娶过来吧,我还没过门,就三天两头往你家跑,人家都骂我婆家迷呢。"

林俏拿手揪了揪桐花巧薄的耳垂,说:"别着急,等我们挣够了钱,我要把镇上婚庆公司的几台宝马汽车全租过来,风风光光地把你娶回来。"

桐花说:"刚攒下一点钱,就开始烧包啦。我不要你的彩礼,也不要你的好车,就要你这个人,赶紧把我娶回来吧。"

林俏来了情绪,站起来,任桐花把自己吊在他的脖子上,他亲着桐花温润光洁的额头,抚摸着桐花瓷实细溜的腰肢,内心鼓荡着满满的幸福。他说:"俊枝悔婚,让我丢了大人,我咋着也要把这面子找回来,让十里八街的人都知道,我林俏娶到了一个多好的媳妇。"

桐花嘬起红嫩的小嘴,用舌尖舔开了林俏紧绷的双唇,哼哼唧唧地说:"林俏,我好爱你。"

定好的吉日,说到就到。腊月十六这天,太阳一大早就探出头来,散着暖暖的光。桐花在镇上盘完头,穿上了鲜红的婚纱装。正对镜描眉画眼的时候,身边的手机响了。

林俏在电话里说:"对不起桐花,出岔子了。扶贫工作队组织村里人动工修路,把桥把路都挖断了,大小车辆都进不来、出不去,订好的宝马也没法用,这可咋娶你呀?"

桐花听了,咯咯笑了,说:"宝马婚车来不了,是吧?帅气新郎能来吧?"

林俏说:"咋娶你呀?来个猪八戒背媳妇啊?"

桐花说："记得吗？当初我就不同意你去租那什么宝马车，现在正好如了我的意。亲爱的，你知道我不在乎这些东西，不愿背我过去的话，你们村有自行车吗？带着你的小弟兄们，用自行车来娶我啊。没听人说过吗？宁愿坐在自行车上笑，也不愿坐在宝马车里哭，亲爱的，这就是我现在的心情。"

十几辆新旧不一的自行车，组成了浩浩荡荡的迎亲车队。新郎载着新娘，一路欢声笑语。临近村头，林俏桐花起头，迎亲的队伍一起吼起了歌："爱是你我，用心交织的生活；爱是你和我，在患难之中不变的承诺；爱是你的手，把我的伤痛抚摸；爱是用我的心，倾听你的忧伤欢乐……"

路边，站满了看热闹的人，他们说："自行车迎亲，好多年不见了，这俩小年轻尽搞些新奇事儿。"

闹洞房的人散了以后，林俏桐花相拥在一起，案头的烛光摇摇曳曳，映得他们的脸红红的润润的。

林俏说："桐桐，跟我结婚没让你坐上车，是我的亏欠，我发誓，明年的这个时候，我要买给你一台属于你自己的车，我说到做到。你不是做梦都想去游黄山吗？到时候，我们开自己的车子去。这也是我的一个梦。"

桐花把自己靠到林俏宽大的怀抱里，轻轻点了点头。

人逢喜事精神爽，父亲苍白的脸上布满了红晕。林俏和桐花把父亲搀扶到他们的直播间，开始了今天的直播："亲，你们好，告诉大家一个好消息，今天我结婚了，娶了一个漂亮的新娘，看看，对，就是我身旁的这位，她叫桐花，桐树开花，好日子要来了。见过是吧，对，就是她，歌儿唱得比我还好呢。新婚之夜，我们想一起唱一首歌，献给辛苦养大我的父亲，和大家分享一下我的幸福，'我的老父亲，我最疼爱的人……'"

唱着，唱着，林俏流出了泪，视频里的父亲、桐花也落起了泪。

6

政策给力，老天帮忙，这一年，辣椒更红了，甘蔗更甜了。只是，不知道哪个环节出了问题，各家各户的辣椒和甘蔗，销得都不如往年好。村干部和扶贫工作队的人替大伙着急，一趟一趟地往外跑，找市场，跑销路，忙得脚不沾地。

这天，林俏骑电动车正在路上走，腰里的电话突然响起。打电话的是俊枝。她说："我在镇上的惠民饭馆呢，有点急事，想找你商量商量，你能来一趟吗？"

林俏犹豫了一会儿，然后说："好吧，我现在就过去。"

南国归来的俊枝，变得洋气了，红红的短发，白白的脸蛋，靓丽生动，精干利落。她预先点好了餐，坐等林俏的到来。

这时，桐花正在镇上的农贸市场卖甘蔗。她在给一棵甘蔗削皮的时候，邻居疙瘩婶儿恰好路过这里，对她说："桐花，林俏在饭馆吃饭呢，你咋没去呀？"

桐花一怔，说："饭馆吃饭？跟谁啊？我咋不知道？"

疙瘩婶儿说："一个女的，打扮得妖妖俏俏的。"

桐花一听，坐不住了："婶，你帮我看一会儿摊儿，我去去就来啊。"

惠民饭馆里，桐花透过布艺门帘的缝隙，看见林俏和俊枝边吃边聊。

桐花听到俊枝说："这些日子我接触了有好几个人，想来想去，就数你最合适，你年轻，有文化，人也厚道，在村里的人缘也好。"

又听林俏说："没做过这样的事，我担心将来会让你失望。"

俊枝接话说："我看上的人，准错不了，我相信自己的眼光，也相信你的能力。"

林俏表态说："试试看吧，说起来，也是个好事儿。"

俊枝有些兴奋，首先提议："来，咱俩干一杯，合作愉快。"

叮当，响起了碰杯声。

立时，桐花感觉自己像喝下了一瓶醋，实在听不下去，也看不下去了。拉着脸，她跑出了饭馆。

过了七月节，夜寒白里热。天擦黑的时候，院里院外，开始有了阵阵凉意。

中午，打饭馆里跑出来后，桐花就收了卖甘蔗的摊子，提早回去了。躺在床上翻了一阵子烧饼，就去灶前忙活开了。

林俏回来后，一边洗手一边说："我一进院子就闻到了香味，好像是枸杞炖鸡汤，桐花，这是要改善生活呀。"

桐花的脸板得没一点表情，说："我学着给你煲点鸡汤，你每天那么忙，那么累，见这个顾那个的，那么辛苦，给你补补。"

林俏盯着桐花看了好一阵子，说："这话听着不对劲儿啊，阴阳怪气的。"

桐花说："是吗？没人家说话好听是吧？"

林俏打后头抱着桐花的细腰，说："老婆，你什么意思啊？

没头没脑地说怪话。"

桐花也不扭头，说："没啥意思，我就是想让自己学温柔点，对你好点，想法拴住老公的心，要不，就让人家勾跑了。"

说着，泪就出来了，一颗一颗，砸落在灶台上。

林俏把她揽过去，说："你是说我和俊枝中午一块吃饭的事儿吧？这不刚进屋，还没顾上给老婆汇报呢。"

桐花挣脱开林俏，说："不用汇报，也不用解释，我不想听。"

林俏说："桐桐，咱别听风就是雨的，好不好？你听我把话说完再生气好不好？"

桐花喊道："不听，不愿听，也不想听。"说完，离开灶房，跑去了卧室。

林俏撵过来，见桐花半躺在床上抹眼泪，一副难过委屈的样子。桐花说："林俏，因为跟你结婚，我气病了父母，得罪了亲戚好友，一圈人都劝我，别往你家这穷坑里跳，我不听，我说谁家也没扎下穷根，跟林俏好，我就图他一个人，一个我喜欢、我看中的人。看来我是看错了，瞎了眼了。"

林俏说："桐花，我穷，可我不憨，也不傻，我不知道好歹？不知道你对我的好？"

桐花说："可你是咋对我的？旧情不忘，脚踩两条船，你把我当成啥了。嘤嘤。"

林俏说："桐桐，我心里只装着你，能干出那样的事吗？"

桐花止住哭，拿一双泪眼盯着林俏："我听到了，也看到了，你让我咋相信你啊？不能藕断丝连，不能再有任何联系，当初我告诉过你，你应该知道我最在意什么，还背着我和她偷偷约会、打电话，你这不是往我心口捅刀子吗？"

林俏看着伤心的桐花，一时心生歉意，走过去，把她揽在怀里："桐桐，你要相信我，我和俊枝通话见面，一不是谈情说爱，二不是旧情难忘，是说正事，是生意上的事。"

桐花说："说正事还用得遮遮掩掩吗？谁信哪。"

林俏说："在我最苦最难的时候，你宁愿舍弃亲情跟了我，这份情，这份爱，我会记一辈子，也会一辈子对你好。来，亲爱的，你平静下来，听我把这事儿给你解释明白。"

桐花摇摇头，显出灰心失望的样子。

林俏说："前些日子，扶贫工作队和村两委牵头，把全村的三十多台拖挂车组织起来，成立了康达运输公司，还建了信息平台。这样一来，活儿多，挣钱快。俊枝从南方回来后，和她老公栓柱也加入进来。"

桐花说："这事跟你有关系吗？东拉西扯、避重就轻的。"

林俏说："别急呀，说着说着就有关系了。上午，俊枝打电话给我，说，'人家桐花死心塌地地爱你，实心实意地跟你过日子，你不能对不起人家，得快点找项目挣钱，摘掉贫困户的帽子，把日子过踏实。'"

桐花截住林俏的话头，说："噢，明白了，她准备把你包养起来啊，小富婆嘛。"

林俏说："尽胡思乱想。往前不是该收辣椒了嘛，咱这前村后街的，种了有上千亩的品种辣椒，她是想帮咱们建一个辣椒收购点，我们负责设点收购，他们负责外运外销，利润五五分成。这是多好的挣钱门路呀。听她这样说，我就动了心。"

听完来龙去脉，桐花似乎缓过神来，但她依然不依不饶。

桐花说："动心？怕是对她动心了吧。"

林俏一把拉过桐花的手，说："感情上的事，我和她早已经翻篇了。我心里，现在只有我的桐桐。"

桐花撇了撇嘴，娇嗔道："净说好听的，拿好话忽悠我。不过，建收购点我不反对，我也有过这样的想法。我只有一个要求，以后你们俩需要再见面，我一定要在场，要记得带上我。"

林俏见桐花不再使性子，心情也立时好了起来，说："老婆大人放心，今后咱们是'我收钱来你记账，你收辣椒我过磅，你我好比鸳鸯鸟，夫妻双双把家还'。"

桐花一把推开抱着她的郭峰，嗔道："少来，啥呀，乱七八糟的。"

7

村头，有一座简易的仓库，那里，立起了一幅醒目的标牌："汴堤湾辣椒收购点"。

收购点一设，就忙活开了，大车小车进进出出，好不热闹。验质、过磅、付款、记账，林俏和桐花忙得连午饭都顾不得吃。

正说要去吃饭的时候，邻居疙瘩婶儿用三轮车驮来几袋子辣椒。桐花倒出一袋子，扒拉着看看，说："婶子，说多少回了，一等椒二等椒别掺在一起装，你这样，我咋给你定价钱，我们是给俊枝姐代收的，按二等椒收，你肚疼，按一等吧，对不起俊枝姐，都老街老坊的，划不来。"

疙瘩婶儿脸红了一下，说："知道了，桐花，我拉回去再拣。"

桐花帮她装好车，说："这就对了婶子，快去吧，天黑之前我在这里等你，别误了这一趟。"

送走疙瘩婶儿，一抬眼，桐花看见俊枝来了收购点。对着她，桐花不自在地笑了笑，说："俊枝姐来啦。"

俊枝脸上也漾着浅浅的笑，问她："你就是桐花吧，中，是把好手。"

桐花不知道该跟俊枝聊些啥，就岔开话说："林俏刚还在这呢，一转眼，哪去了，我喊他去，老公——老公——俊枝姐来了。"

俊枝知道，桐花是故意当着自己秀恩爱，无声地笑了。

吃晚饭的时候，林俏对桐花说："前几天在县城，我看上了一款车，小型越野，新款上市，挺划算的。哪天一块儿去看看，你再把把关。"

桐花说："刚攒下几个钱，你就烧包得坐不住啦。不着急。"

林俏："说到做到，不放空炮，买车带你和爹一块去游黄山，许下的，要兑现呢。"

是个好天儿。林俏骑着摩托车，载着桐花，穿行在新修通的水泥路村街上。桐花在后座上抱着林俏的腰，把脸贴在他的后背上。

路上，有人问他们："小两口这是要去哪儿呀？"

他们回答："去县上，看车。"

正走着，他们骑着的摩托险些与从村委大院冲出的轿车撞上。轿车的车窗摇开，里边坐着胡书记和扶贫工作队的人。

胡书记显得很焦急："快点让开，出大事了，俊枝和栓柱他们的车刚走到县城南边出车祸了。我们得赶快过去看看。"

林俏和桐花还半骑在车上发愣的时候，黑色轿车已拐过村街，消失不见了。

林俏和桐花来到县城后，直接去了县医院。一见面，俊枝就说："因为这场车祸，这趟的辣椒全坏掉了，小十万的货款，暂时付不了你们了。"

林俏说："先不说这个。栓柱现在咋样了?"

俊枝说："人没大事，就是一条腿骨折了。"

桐花说："人没大事，就是万幸了，俊枝姐你要照顾好自己呀。"

俊枝说："放心吧，我没事。天太晚了，你们俩快回去吧。"

林俏说："那你注意休息，过几天我们再来看你和栓柱。"

临走，桐花从自己的包包里，掏出一沓钱，说："姐，我就带了这么多，先用着吧。"

俩人客气着撕让了好一阵子，俊枝才把钱收下了。

回到家，林俏正就着小菜喝闷酒，有人敲起了门。是村西的骡子叔。蹲到门槛上，骡子叔说："要说是不该来，人正在难处。可家里急等用钱，这月底小孩儿要结婚办事儿，到现在啥还没准备呢，指望这几亩辣椒钱呢，这可咋办你说，唉，说这话，老不得劲。"

林俏酒喝得有些猛，一听这话，就急了："我扳着指头算了算，你是第七个来找我要辣椒钱的，俊枝和栓柱出事了，辣椒钱给不了我，我咋付给你们咧?"

骡子叔说："不得劲，不得劲，就是急用钱。"

　　林俏说："我和桐花，还有俊枝，设这个辣椒收购点，不光是自己想赚钱，也是在帮老街坊们，不出门，辣椒能卖个好价钱。"

　　骡子叔说："是嘞，是嘞，这些，村里的老少爷们心里跟明镜儿似的。"

　　林俏说："我们知道，这买卖是跟村里的老少爷们打交道，一定要不拖不欠。叔，你拍着良心算算，快两年了，我们拖欠过大伙的钱吗？要不是出车祸，这趟货送完，回来还会给大家及时结清。可人家不是出事了吗？人还在医院躺着，咋结账？咋兑现？总得给我们一点时间吧。"

　　骡子叔说："听人家说，俊枝和栓柱这回怕是翻不了身了，修车，治病，辣椒款，里里外外要好几十万呢，等着她回来结账，到驴年马月了。这可咋办。"

　　林俏说："老叔，别急，容我们想想办法吧。"

　　刚送走骡子叔，桐花打收购点回来了。一进门，看见林俏还在那里喝闷酒，就先收了他的酒瓶子。

　　林俏说："人说俺家是'走得慢了穷撵上，走得快了撵上穷'，我还不服，现在服了，命里九升，难满一斗啊。快要过年了，老街坊都等着这辣椒款呢，这可咋办哪？"

　　桐花对他说："咱有点出息好不好。要干事儿，哪有一帆风顺的，哪个不是一溜跟头过来的，取个经还要历九九八十一难呢。"

　　林俏说："这些道理我都懂，可钱是硬通货。"

　　桐花说："活人还能让尿憋死？听我的，准有办法解决。"

　　林俏说："啥时候不都是听你的呀，你有啥高招，说来听听。"

桐花说："咱准备买车的钱不是有十几万吗？"

林俏一挥手，说："这个钱不能动，我许过你好几次了，这回不能再变卦了。"

桐花说："这车早一年买晚一年买，都中，不把大伙的辣椒钱结了，坐到车里能舒服？"

林俏说："这一推，又到驴年马月了。"

桐花说："到不了驴年马月，明年咱就会攒够买车的钱。"

林俏："火车不是推嘞，牛皮不是吹嘞，指望啥啊？"

桐花说："要和俊枝姐一起走出眼前的困境，咱得重整旗鼓，车还得跑起来，收购点还得开起来。"

林俏说："这可不是吹糖人嘞，还是那句话，罗锅上树——钱（前）缺。"

桐花说："没有金刚钻，还敢揽这瓷器活？不瞒你说，我手头里还有十几万，是爹妈陪送我的嫁妆钱，也有我打工时攒的私房钱，足够修车和启动资金了。再说了，俊枝姐这时候最需要有人帮帮了。"

林俏说："这倒是，俊枝也够可怜了，心强命不强。"

桐花说："嘿，顺杆爬呀。说，是不是早就想着去帮她了？"

林俏说："我想帮来着，得有那本事头啊。还是跟着有本事的老婆混吧。"

桐花说："傻哥哥，快别说傻话了，明天把辣椒款兑付完，赶紧再去医院瞧瞧俊枝姐吧，顺便把这事儿再合计合计。"

林俏若有所思，说："是，是要去看看。"

桐花翘起细嫩的中指，刮了刮他的鼻子："哎哎，听清楚了，不是让你一个人去，我也要去。"

林俏一把把她抱在怀里："你呀，啥都好，就是小心眼。"

说着，他们俩紧紧地拥在了一起。

8

这天，是镇上的更会。甘蔗摊儿前，林俏和桐花又开始了网络现场直播。"昨天所有的荣誉，已变成遥远的回忆，辛辛苦苦已度过半生，今夜重又走进风雨……心若在梦就在，天地之间还有真爱，看成败人生豪迈，只不过是从头再来。"赶集的人，都围拢过来，很快就买完了他们带来的几捆甘蔗。

不几天，辣椒收购点再度开张，又现热热闹闹的收购、装运场面。

在一大筐新鲜辣椒前，桐花拿了一个辣椒在袖子上擦了擦，递给林俏："这是新品种辣椒，你尝尝辣不辣。"

林俏接过，咔嚓咬了一口，说："不辣，我尝出了甜的味道。"

两人相视而笑。

突然想起了什么，桐花说："真是奇怪，我上午去镇上办业务，咱的账户上一下多出了二十万，这是啥款呀？"

林俏说："天上不会掉馅饼，那是俊枝还咱的那批辣椒款，还有你垫付的修车钱，俊枝刚挣到钱，就筹款还账。她发了信息给我，说要特别谢谢你。"

桐花说："俊枝，俊枝，叫得多亲密，你又背着我和她单独联系，屡教不改呀你。"

林俏说："正事，说的都是正事儿，别在那儿醋劲了。俊枝还说，咱们的收购点要做大，不光收辣椒，要收购所有的农产品，成立农业合作社，订单收购。她把名字都起好了，叫汴堤湾花枝俏农业合作社。"

桐花说："花枝俏，这个名字好，我打头呢。"

初冬时节，场光地净，是庄稼人可以喘口气的日子了。这天，一台簇新的小型越野车从林家缓缓驶出。汽车穿过新修的水泥路村街，进入省道的时候，响起导航的声音："现在开始为您规划去往安徽黄山方向的路线……"

驶入高速公路后，汽车加快了速度。在他们面前，通向远方的路，愈发宽阔了。

（原载《河南文学》2020 年第 5 期）

琴瑟和鸣

1

语桐打镇上回来，还没走进村，扶贫队长老秦就打电话给她："语桐，你到村里后，先去许木匠家，听说他和刚刚大学毕业的儿子闹别扭，都两天水米不搭牙了，可别闹出人命来。好好劝劝他们啊。"

语桐一听就来气："劝人，谁来劝劝我啊？我都快郁闷死了。年纪轻轻的，我每天都干些啥事儿呀？帮人薅草扫地包饺子，人生气了还得去劝架。劝劝我的，有没有？"

其实，语桐心里头不爽，不是因为队长老秦的电话，也不是因为许木匠爷俩生气，而是因为自己的事：就在几天前，她失恋了，男友在她驻村扶贫的这段时间里，耐不住寂寞，劈了腿。见语桐在那儿哭鼻子，几个闺密劝她：三条腿的蛤蟆不好找，两条腿的人一抓一大把，在一棵歪脖儿树上吊死，犯不上。还说，生活不只是眼前的苟且，还有诗和远方。那些话，全是发馊的鸡汤。

许木匠家，是语桐分包联系的户。她跟许木匠有过接触，知道这人不咋爱说话，做事一根筋，犟起来十六头骆驼都拉不回。前些年，老伴儿患大病，儿子要上学，欠下不少债，是村里第一批建档立卡的贫困户。语桐第一次家访的时候，就听许木匠说，他有个儿子在外地读大学，来年就要毕业了，等儿子参加了工作，日子就会好起来。说起儿子，许木匠两颊泛红，两眼放光，好像儿子就是他全部的希望。

村子不大，一条南北大路，串起前街后巷，整个村落呈"土"字形，真正的乡土田园。

语桐来到许木匠家，见爷俩东屋一个西屋一个，还正躺在床上怄气，眯着眼，问谁都不说话。

邻居栋花婶心直口快，热心肠，拉着语桐来了个竹筒倒豆子，说清了事情的原委。

许木匠的儿子兰生今年大学毕业，工作的事儿，许木匠提早就做了打算。一是参加机关事业单位招考，走仕途。二是去表姐在汴梁城的公司上班，做白领。哪知这孩子一样不选，以实习的名义偷偷跑去扬州，拜师学习做古琴。毕业回来，斧头、凿子、剔刀，呼呼啦啦背回来一大堆，说是要用村前村后的泡桐树制作古琴、古筝、琵琶，啥挣钱做啥。他爹一听就"翻套"了，把那些工具抱起来扔进了粪坑里，说："我干一辈子木匠，用泡桐树打家具，做风箱，折腾一辈子也没跳出穷坑，日子过得抬不起头。指望你大学毕业，能出人头地，奔个好前程，没让你子承父业，还在村里当木匠，木二代呀，你不嫌丢人我还要脸呢。"兰生对他爹说："咱这儿的泡桐树顺直通透，不变形，是做乐器的上好材质，一床古琴能卖好几万呢。再说了，我就喜欢做古琴，其他的，不想干。"他爹一听，气得上嘴唇下嘴唇一起抖，吼道：

"你说得再巧，不还是个木匠嘛。"

听栋花婶说完，语桐托着腮帮子，坐在院儿里沉思了好一阵儿。然后，先跑到东屋去拉兰生，说一个大学毕业生，躺在这里跟自己的爹置气，有点出息行不行。又去西屋，去拉许木匠。许木匠老脑瓜儿，想着让一个漂漂亮亮二十多岁的大姑娘在自个屋里拉来拽去的，怪难为情，也半推半就地下了床。

揉着眼，兰生一步三晃地走出来。阳光挤过树叶，洒进小院，一个姑娘亭亭而立，额头光洁饱满，双眼顾盼生辉，尖下巴，细长脖儿。看见语桐，兰生如在梦境，眼前这个女孩，好像在哪里见过，不止一次。是在梦中吗？兰生一时呆在了那里。

2

兰生的家在豫东一个叫汴堤湾的村子。曾经，贫穷和苦难就是村子的代名词。

黄河的最后一道湾从这里掉头拐过，丢下一片贫瘠多难的土地，风沙、盐碱、内涝，像三座大山祖祖辈辈压在村里人的头上。"盐碱板儿，花狗脸儿，种一葫芦打一碗儿"，这哀婉凄苦歌谣，唱了一代又一代。

兰生打小没见过自己的爷爷奶奶。父亲许木匠后来告诉他，爷爷饿死在了讨饭的路上，奶奶在爷爷死后一年多，就病死了。到兰生记事儿的时候，生活有了好转，吃饭穿衣已不是问题，可还是穷，穷得看不起病，读不起书，修不了房。靠麦秋两季，几亩薄地，也只能是顾着嘴了。于是，每年过完年，还没出正月，村里的青壮年劳力扛上铺盖卷成群结队地就走了，去南方，打工挣钱。那些日子，小孩儿的哭叫声，老人的哀叹声，充斥着村庄，眼泪和泪眼，闪烁交融。背井离乡，人们对这个挂在嘴边的成语，自此有了刻骨的理解。

那年暑假，兰生从城里放假回来，一进村，见邻居瓦子叔家立满了人，喊喊喳喳的。兰生挤过去一看，腿一软，就跪卧下去，院子里一拉溜摆了三口棺木，一大两小。

村里人告诉他，前一天，瓦子叔去地里给棉花打药，临走，再三嘱咐两个孙子在家好好写作业，他把一桶药打完，立马就回来。俩孙子当着爷爷的面，答应得很爽快，等爷爷一走远，扯着手就跑出了院子。瓦子叔打完药，着急忙慌往回赶。刚到村口，有人就迎过来了，对他说："快点吧，你那俩孙子去坑塘里摘莲蓬，让水淹住了。"瓦子叔听了，扔掉药桶，疯了一样往坑塘跑。可是晚了，村子里的人已经把俩孩子打捞上来，一横一竖，平躺在坑塘边，肚子鼓得像刚摘下的西瓜。瓦子叔眼前一黑，就栽倒下去。

醒来，瓦子叔左胳膊抱一个，右胳膊揽一个，把俩孙子带回家，分别放到两张木床上，蹲坐在床边看守着。这时，村里的干部已联系上了在南方打工的儿子儿媳，对他们说是瓦子叔病了。

当晚，左邻右舍的人走后，瓦子叔突然号哭起来："老天爷呀，我许瓦子一辈子行善积德做好事，你咋不肯睁睁眼，就这样对待我呢？犯下这滔天大错，我咋向儿子媳妇交代呀？"

瓦子叔号哭到没了气力，跟跄着去找剩下的那半瓶农药，一口气灌进了肚子，倒卧在两个孙子旁边。

面对这惨痛的灭门之灾，儿子根生和媳妇哭得死去活来：打工挣钱，打工挣钱，没了老的，没了小的，挣再多钱有啥用啊？

不值，不值呀。

兰生也大哭起来，瓦子叔是有恩于他的。那年，兰生考上汴梁城的大学，爹把家里能卖的东西都卖了，亲戚邻友又跑了一遍，还是没筹够去报到的学费。正一筹莫展的时候，瓦子叔来了，用一块布手巾包裹着，送来一万块钱。瓦子叔说："这是家里攒下的打算翻修房子的钱，眼下用不上，让兰生先拿去上学读书用吧，考上个大学不容易。"兰生接过钱，就要跪下去给瓦子叔磕头。瓦子叔眼一瞪就把他拉了起来，说："老叔看你是块读书的料，才肯拉帮你，好好学，将来村里人还要指望你呢。"

可是，瓦子叔这么就走了，走得这样凄惨悲伤。

一连几天，兰生都睡不踏实，睁眼闭眼，那三口漆黑的棺木就在那里旋转，转得他头昏脑涨。旋转停下后，那三口棺木就会幻化成一张黝黑的脸，在他面前慢慢胀大，直达天地之间。那是瓦子叔。

瓦子叔和他两个孙子的离去，是兰生平生最不能接受的一场生离死别。

后来，兰生选择斫琴，很大程度也是因了这件事情。他在内心深处藏着一个人生梦想，也是要报答瓦子叔的知遇之恩。

3

好说歹说，语桐算是最终把躺着怄气的爷俩劝了起来。

出了屋，爷俩蹲在院子里，谁也不说话，一个看小鸡啄米，一个瞧蚂蚁上树。

这时，语桐说话了："许叔、兰生，我作为包户的扶贫队员，说个意见，你们看行不行。年轻人血气方刚，有点儿自己的理想抱负，咱就放手让他去闯闯，等撞得头破血流，再回头，也还来得及。许叔，看在我的面子上，给兰生两年的时间闯荡，如果他的古琴制不好，或者做好了卖不出去，就收手，去走你帮他选定的那两条路，你看行吗？我在这里要待三年多呢，我来做个见证人。"

兰生搓了一会儿手，嘟囔一句："我同意。"

许木匠翻了儿子一眼，轻叹一声，算是默认。

两间西屋收拾朗利，就成了兰生的工作室。他按照师傅传授给他的斫琴技艺，开始独立制琴。

兰生在扬州学的是古法手工斫琴技艺。所谓"斫"，就是精工细作的意思，而生产线批量做出的古琴只能叫"制"。跟师父学艺大半年后，兰生亲手做成了一床"枯木龙吟"琴。师父赏过，对他说："你出师了。"然后送他一套斫琴工具，将他放飞。

那天，语桐入户路过，拐进了兰生的斫琴室，想看看他制琴有哪些进展，也好向队长老秦汇报相关情况。

一进屋，见兰生已淘来一大堆大小不一的泡桐木料，兰生蹲在那里，敲敲这块，摸摸那块，精挑细选的样子。

语桐问："是在挑选材质吗？"

兰生说："师父教过我选材诀窍，如果材质敲起来，声音玲珑剔透，说明它适合做比较低沉的琴，因为木材已经干透，纹理顺直，共振起来，音质沉柔。如果敲上去声音发闷，就适合做清亮的琴。无法归类的木头，可做成仲尼琴。"

语桐说："听人说古琴有三音。一为地音，沉厚雄浑；二为天音，空灵缥缈；天地之间，为人音。当天时、地利、人和时，方有好音流出。"

兰生停下手里的活儿，拿眼直直地盯着语桐："你懂古琴？"

语桐调皮地眨眨眼，说："略懂，略懂。"

选料、制图、造型、试音、合琴、打磨、上漆、推光、上弦，一床古琴斫成，需大大小小一百四十多道工艺。兰生的第一床古琴斫成，已是三个月以后的事情了。

去北京售琴的前一晚，语桐来了，要赏他的古琴。古琴摆放好，语桐端坐下，沉静片刻后，便张开修长的葱指弹拨起来。

屋外干枯多日的小河，霎时涌来一泓清泉，舒缓徐徐，激荡跳跃，潺潺流动，直达心胸。语桐弹的是古琴名曲《流水》。

"你会弹古琴？"

"会一点。你不知道吧，我在文化馆工作。"

"怪不得呢，这么专业。"

语桐没再说话，她在潜心赏琴。兰生斫成的这床古琴，琴首饱满，琴颈圆润，琴身修长，琴腰平缓，琴脚精致，这些部分组成起来，宛如一位亭亭玉立的古典美人。

兰生说："这块泡桐木纹理顺直，硬度适中，无疤无蛀，是斫琴好料。你看，斫成后，底板平直，面板圆拱，取'天圆地方'之意。"

语桐的眼神儿还吸附在那床古琴上，不肯移开。语桐说："是呢，真是一床上等好琴。"

兰生说："师父常说，斫琴讲究'琴人合一'，甚至有一种人与琴的缘分在里面。因为，斫琴人靠手工斫成的每一床琴的弦长、弦矩、弦力都是不同的，且遇到的每段木头的纹理也各不相同，弹奏时，要么沉厚，要么响亮，要么空灵，一琴一音，真的是'琴由天成,由不得人'。师父的话,现在我懂了,还真是这个样子,这也是斫琴的魅力所在。"

语桐慢慢收回目光,水润润的一双眼望着兰生,说:"祝你北京之行,琴逢知音,马到成功。"

兰生也把眼光对接过去,说:"谢谢,托你吉言。"

三天后,兰生却背着琴原路回来了。

在村口,碰上语桐,她问他:"怎么,舍不得卖呀?"

兰生说:"货到地头死。音乐学院,大大小小的琴行,跑遍了,出价没超出一万的。不卖,肉痛,我要的是物有所值。"

语桐安慰他说:"果真是知音难觅呀。别泄气,继续做你的古琴,销路的事,我和秦队长一起帮你想办法。放心,有识货的。不,是知音永在。"

兰生苦笑着说:"也许,我爹赢了。"

4

见儿子背走的琴又背回来了,许木匠像心里灌了蜜,玉米地里薅草的时候,一个劲儿地哼唱"洼洼地里好庄稼"。

第二天,许木匠又偷偷搭车进城,去外甥女的公司打听公司运行情况,询问城里啥时间还会有公考。

第二床古琴就要斫成的时候,语桐领来一个买琴的。那人西装革履,留小胡子。语桐介绍说:"这是张老板。"

小胡子老板在语桐弹琴演示一曲后,说:"每床琴五万,这两床琴我都要了。"

过完春节,语桐又帮兰生联系了一个客户,是光头王老板。

语桐演示完，光头老板说："做好的这两床琴，我全要了，价钱你们定。"

斫成一床，售出一床，让兰生看到了斫琴的希望，眼下，他每天都在加班加点。

语桐得了空闲，就往这里跑，看兰生又剔又刨地斫琴，有时还会帮他上弦调音。

语桐说："前些年，我有过一床古琴，刚开始时，声音很沉很涩。弹了一年多后，竟自己变了音，亮亮脆脆的，好神奇呀。"

兰生说："听人说，真有这样的古琴，开始时很不出彩，弹着弹着，演变成了一床绝世好琴。琴会藏锋，需要有人欣赏它，用心养它，抚它，不断与它交流对话，让它懂你的心，这样就会越变越好。"

语桐说："是呢，曲也一样，能根据人的心情生变，变成可以彼此互相交流的语言。琴无好坏，曲无优劣，还真是这样子的。"

兰生说："古琴讲究的就是'变'。你看，'琴'字从'玉'，意指两玉相撞之声。下部为'今'，是古琴核心的文化所在，即为'变'。今日之琴声，即表当下之心情。"

语桐听了，抿嘴一笑，说："快成老学究了。"

那天午后，兰生连日劳累，正靠在木料堆上打盹，语桐风风火火地跑来，摇醒他。兰生迷迷糊糊地睁开眼，见语桐白嫩嫩的脸蛋和鼻头上，挂满细细密密的汗珠，兰气轻吐，眼生润光，弄不清到底发生了什么事情。

语桐深吸一口气，让自己平静下来，说："好消息，天大的好消息。我把你刚做成的那床'桐乡花语'的古琴，放到了电商平台，你猜有人最终开价多少？"

兰生说："十万？"

语桐轻轻摇头："再猜。"

兰生说："十五万？"

语桐又摇头，说："整整十八万呢。"

兰生说："真的吗？会有人出这么多？"

语桐说："好多人留言呢。他们说，当年焦裕禄带领群众栽种泡桐，是为了防风固沙，是为了治穷治贫。谁能想到，这些见证苦难和灾害的泡桐树，经由斫琴师的精工细作，竟能流淌出如此古朴美妙的音乐，这真是一件不可思议的事情。这床古琴的价值，已超出了它的自身。"

兰生说："其实，我们是沾了焦书记的光。"

语桐说："说来也是呢。不过，你这斫琴师也功不可没。"

转眼，又到了泡桐开花的时节，白的、红的，一嘟噜一串地挂满枝头。泡桐树下，语桐告诉兰生："你可能要想办法扩大规模了，村里的电商平台建好后，你的'兰桐古琴'在上面一发布，就接下了几十份订单，你一个人是做不来的。还有好多人咨询，问有没有古筝、琵琶出售，用泡桐做材质，这些将来都是可以开发生产的。"

兰生说："村里在外打工的年轻人很多，我想把他们招回来，一起干。一户一户地发展，将来把村子建成民族乐器制作专业村。"

语桐说："你的想法与我们工作队的打算不谋而合，就这么干。"瞅着语桐那张白生生饱鼓鼓的小脸，兰生说："语桐，谢谢你，帮了我那么多。"

语桐说:"其实该谢谢你呢。上面要求搞产业扶贫,我们工作队正一筹莫展,你帮我们找准了一个产业扶贫项目。"

在兰生的鼓动下,第一批返乡的就有瓦子叔的儿子根生和他的媳妇,媳妇已经怀孕五个多月了。他们说,以后不在外面漂了,弄得家不是家、乡不是乡的。家门口做事,钱挣多挣少不说,心里头踏实、安稳。

当村里的斫琴者发展到三十多人的时候,语桐又引来了一个"民族乐器展示馆"项目。那天,语桐告诉兰生:"展示馆建成后,我就辞职来这里上班,帮你做乐器演示、产品介绍,你看行吗?"

兰生知道,在她帮他一起创业的这两年里,爱,已在他们彼此的心间悄悄萌生。

兰生憨然一笑,说:"我这不是在做梦吧?"

5

根生的第一床古琴斫成后,恰逢瓦子叔去世两周年的祭日。兰生和语桐陪根生两口子去村外上坟。

在瓦子叔的坟前,兰生用根生斫成的那床琴弹了一曲《广陵散》,语桐弹了一曲《卷珠帘》,那琴音苍古松透,独具韵味。琴声流散间,根生和他媳妇已伏在坟头上哭得昏天黑地。

回村的路上,经过一段林荫路,不经意间,兰生把语桐的一只手捉到自己手里。

兰生说:"我第一次认识古琴,是在2008年的北京奥运会开幕式上,一人用太古遗音琴演奏《广陵散》,那场面特震撼。后来，在大二那年的暑假，我陪外地的同学去拜谒焦桐，看见一个姑娘着淡青色落地长裙，发髻高挽，葱指灵动，端坐在焦桐下抚琴，美若天仙，音如天籁，再次受到震撼。后来听说，这床古琴是外地的斫琴师用我们这儿的泡桐树做材质斫成，内心里就丢进了一粒种子，最后是瓦子叔的遭遇催生了它：我要做斫琴师。"

语桐听了，勾着头吃吃地笑起来："你知道那个焦桐树下弹琴的女孩是谁吗？"

兰生停下脚步，把语桐扳到自己面前："难不成是你？"

语桐眨着长长的眼睫："再好好瞧瞧。"

兰生的眼睛也热辣起来："怪不得第一次看见你的时候，就觉得眼熟，好像在哪儿见过，还真的是你。"

语桐垂下眼睫，对他说："那年我刚刚毕业考进文化馆，每天的任务就是到焦桐下弹奏古琴，接待全国各地的参观学习团。一年后，我就申请驻村扶贫了。"

兰生说："我选择做斫琴师，跟你那次的树下抚琴也有关系，是你打动了我。"

语桐说："还真不知道我的一次抚琴，改变了一个人的人生轨迹。说说，为啥不愿做公务员，或公司白领？"

兰生说："除了说过的原因，还有就是，自己不想过那种一眼就看到头的生活，感觉那样特没劲。"

语桐把头贴到兰生的胸上，轻言细语地说："其实，我也有这样的想法。"

兰生就势把语桐抱在怀里，下巴在语桐散着丝丝香气的发顶轻轻摩挲着。

中秋节的时候，由工作队长老秦保媒，语桐和兰生举行了订婚礼。那天，小胡子张老板和光头王老板也来了，兰生一见，就跑过去打招呼问好。这时，语桐走过来，指着他们俩，对兰生说："现在，这两位你应该称呼他二姨夫，叫他大姑父。"

兰生什么都明白了，他朝那两位长辈深深地鞠了一躬，转身，当着一众亲友的面，将语桐拥进怀里，把她箍得紧紧的。

这天，许木匠也送了语桐一个订婚礼物，是他刚刚斫成的一床古琴。

（原载《奔流》2020 年第 9 期）

盖 屋

入了五月，一天天燥热起来。田里的麦子开始成熟，浓郁的麦香满当当地灌进村街，挤进院落，浸入庄稼人的肺腑。

这时，期盼着收获的父亲开始涌动起一种迎战的紧迫和激情。当黄鹂响起第一声啼叫的时候，他便匆匆走出院落，走向他的麦田。此刻，夜色还没有褪尽，蝙蝠在父亲的头顶无声地飞来飞去。紫楝花香甜的气息被夜露纠缠得升不上去，在父亲的鼻尖儿前浓浓地弥漫。到了村外，父亲的视野被猛然放开，大块灰黄的麦田从父亲的眼前一直铺向远方，铺到另一个黑魆魆的村庄。

东方的地平线泛起一大片红光的时候，父亲挥舞镰刀追逐着麦子已离开地头几十步远了。当他直起身来，认真拧好一个麦腰时，看见放羊的孩子赶着一群活泼的山羊出村了，那吆喝羊的童声，听来如一曲美妙的晨歌。这时候，麦田开始泛起耀眼的金光，黄色的波浪连天涌动。猛然，河道里传来斑鸠的叫声，"咕咕——咕咕"深厚绵长，有着洞箫般的韵味和穿透力，给父亲平添了一份收获的喜悦和力量。望着眼前肥硕的麦穗，父亲竟孩童般地学起了那鸟的叫声："咕咕——咕咕——"

叫声使父亲走出了他的收获梦。

父亲揉揉眼，发觉自己仍躺在省城一座高楼的第十六层，那"咕咕"声来自小区前面的森林公园。

其实，父亲在老家真的有一块麦田，在村子的前面，有二十多亩。这儿原来是一个废弃的林场，爱地如命的父亲一锹一铲地硬是把它开垦成了可耕田，刨出的草须树根堆成了一座小山。后来，在这块地里，父亲秋播麦子夏种豆，用挣来的钱供我们兄妹上学读书。

接父亲进城，因了我的母亲。两年前，陪父亲辛劳一生的母亲突然卒中离世，让只顾自己打拼而一直忽略父母的我深受打击，"子欲养而亲不待"的疼痛折磨得我夜不能寐，险些抑郁。不能再有这种致命的遗憾了，我决计接父亲进城，尽管我知道说服父亲该有多难。

父亲说："人的命，天注定。你妈没有享上福，是她的命。孩子，你不必愧疚。"

我逼迫父亲："您若执意不去的话，我就回单位辞职，回来跟您一块种地。"

面对我的固执，最后父亲只好做出了一个妥协的决定：那块田，他只负责秋种夏收，收一季儿的麦子。夏种秋收则交给邻家的二哥，收成也归二哥。当然，父亲走后的麦田管理也由邻家二哥负责。

我也认为这是一个不错的方案，这样父亲可以有大半年的时光待在城里，与我们在一起。要让父亲一下子完全脱离土地，也不见得是件好事。于是，这年的深秋时节，当出齐的麦苗泛出一片浅绿时，父亲放心地随我来到了省城。

父亲虽说种了一辈子的庄稼，识字也不多，但对城市生活却适应得很快。电梯、空调、燃气灶，他都学会了使用，连坐便器的使用也没给他带来任何障碍。他甚至要求我们给他配一部手机，好在遛弯的时候给村子里的老哥们儿打打电话。我和爱人夸他新潮的时候，父亲嘿嘿一笑，说："老子也是叨过大盘荆芥的人。"毫不谦虚。

父亲说"大盘荆芥"也是因种地的缘故。前些年，因为父亲是十里八乡有名的种粮大户，他年年到市里、省里开会领奖，有一年还开到了中南海，的确是见过一些世面。

闲得发慌，最容易让乡下来的老人厌倦城市生活。为此，我和爱人绞尽脑汁地故意给父亲安排一些他能干的活计。有天，我告诉父亲，小区门卫室的后边有一小块地，满是碎砖烂瓦，开垦后可弄一小菜园。父亲对此并不感兴趣，不屑地说："巴掌大一片儿地，那也叫开荒种地？"我知道，父亲惦着他的麦田。

有了那个收麦的梦以后，父亲就开始盘算着回老家的事，尽管离真正的麦收还有十几天。帮父亲订了车票，我们将父亲送上了开往老家的火车。

一周后，当我下班回到家，竟意外地看到了坐在沙发上的父亲。还没到收完麦子的时候，父亲怎么突然回来了？

父亲说，他的麦田没了，被乡政府引来的化工厂占了。建厂的时候，麦子都没膝深了，硬是让推土机给毁了。"你二哥不依，动了锄头，现在还在看守所关着呢。"听完父亲的诉说，我并没有愤怒，倒有一丝窃喜。我想，没有了麦田，父亲可能就会死心塌地地留在城市了。

回到省城，父亲忧郁了好一阵儿，每天都是六神无主的样子。有一天，我们都围坐在客厅里看电视，父亲的眼睛突然亮了，电视荧屏上正晃动着连天的金色麦浪，一对小青年在麦田间忘情地追逐嬉戏。这时，歌声响起："远处蔚蓝天空下/涌动着金色的麦浪/就在那里曾是你和我/爱过的地方/当微风带着收获的味道/吹向我脸庞……"这时，盯着荧屏的父亲竟有了泪光，这首怀念爱情的《风吹麦浪》，再次让父亲想起了他的土地和麦田。

大约过了一周后，父亲对我说："我想把老家的房翻盖一下，那房已经露天了，屋顶有好几个窟窿，怕是快要塌掉了。"

我打小就立志到外地谋生，村庄于我，就是一种逃离。贫穷和屈辱贯穿我的童年和少年，成为我至今挥之不去的阴影，且会伴我一生。这些年在外艰难打拼，就是要在城里置房安家，远离村庄和土地。偶尔回村，看见左邻右舍起屋盖楼，我一点儿也不眼气（方言，羡慕），因为这些、这里，不是我的人生目标。

我对父亲说："人往高处走，咱在城里有了大房子，老家的房子就随它去吧。漏就漏，塌就塌，我们也不打算再回那里去住。"

父亲说："丢了土地，不能再丢了宅子，要不，将来就真成孤魂野鬼了。"

听父亲说，他这次回去，看见邻居三灰叔的儿子进财拉了十几万块砖，一垛一垛，全码在我家的院子里，父亲担心他们"久占为业"，抢了我家的宅子。父亲说："没了宅子，我百年之后，躺到大街上不成？"

抢占宅子这个事情，我是第一次听父亲说，心里头特别不爽。尤其听说是三灰叔家抢占，那简直就是愤怒了。凭什么？他们凭什么？我在心里头咆哮。

贫穷就不说了，那些年都穷得差不多。屈辱，则全拜这个邻居三灰叔所赐。那时他是生产队长，又长得膀大腰圆，在村里豪横得很，在谁家屋里一跺脚，四角落土。分了责任田后，我们两家地边搭地边。三灰叔欺负我父亲敦厚老实，每次翻地都会往我家的地里多吃一犁，慢慢地，就占了我家一搂宽三垄地。

父亲终于忍无可忍，要求三灰叔把多占的土地还回来。三灰叔不但不还，还硬说我家多占了他家的地。他瞪着一双牛蛋眼，质问父亲："你说我多占，我说你多占，凭据呢？啥凭据啊。"看着三灰叔蛮不讲理的劲头，还有父亲可怜无助的样子，我委屈得两眼蓄满了泪，不知不觉攥紧了小小的拳头。

斗不过三灰叔，父亲就去找村干部告状。村干部斑鸠跟三灰叔是酒友，俩人好得像是撕不烂的套子（棉絮），说话断事带着明显的偏向。斑鸠说："千年搁街，万年搁邻，头皮要厚点，不能太计较。我现在给你俩做个见证，在地边头打上橛子，以此为界，互不侵占。"

父亲说："已经占了我家一搂三垄地，退还回来再打桩定界才对。"

斑鸠说："说话不能上嘴唇下嘴唇一碰，就随便乱说，得有理有据。"

父亲没再说话，掂起一把铁锹，在地头怒气冲冲地刨挖起来。很快，挖到一块石头和一片草灰，这是父亲悄悄埋的灰界。按照这个灰界一拉尺子，三灰叔占了我家地边一搂三垄还要多。

斑鸠一时下不了台，照三灰叔屁股踢了一脚，说："你还有啥屁放，种地下作，下三儿孙。"背着手，走了。

再看三灰叔，那脸比他眼跟前的公马屁股还红。

因为这事儿，三灰叔脸灰了好一阵，也记下了父亲的仇。这仇，在我家后来翻拆房子的时候，让他给报了。

那年，我家的土坯草房实在藏不住头了，父亲就开始谋划翻修房子的事。一家人连嘴头都顾不住，要修房可不是轻而易举的事情。春天的时候，天长气燥，父亲就带着一家人取土脱坯。我们把和好的泥土摔进坯斗里，端走磕下，制成土坯，反复晾晒后，码成垛，最后拉到村南的土窑里烧成砖。脱坯垛墙，活见阎王，那些日子的苦累可想而知。青砖出窑后，父亲和邻居石头哥带着两个壮劳力去豫西的密县（今新密市）拉石灰，他们捎着干粮，拉着架子车，徒步来回，十几天后才返回来。有了砖瓦和石灰，砌墙盖屋的材料就差不多了。

父亲又领着一家人把不多的家具被褥搬出来，放进一个临时搭建的塑料布帐篷里，就开始找人放线挖地基。人刚进场，三灰叔来了，掐着腰，大声咳嗽一嗓，说："都停下，都停下，这房子不能盖。这块宅基地原先是可耕地，要复耕，上面有文件。想盖，再批新宅子。村里村外随便挑，挑好了，征得四邻签字同意，再写申请报批，组里报村里，村里报乡里，乡里报县里，批下来，想咋盖咋盖。"

父亲听了，血一下涌到了头顶，晃了几晃，险些栽倒。三灰叔说的这一套程序，顺顺当当走下来，也得仨月，何况，有些程序根本走不通。比如选址，没有可选的好地块不说，选好了，要征得四邻全都同意，比登天还难。

三灰叔明摆着是要报那一"界"之仇。

我看不下去了，弯腰拿起一把铁锹，往三灰叔跟前儿冲过去，被来施工的人拦住了。我一屁股蹲在地上，呼哧呼哧喘气，眼泪，一颗一颗，奋不顾身地往下掉。

为了防止我家悄悄施工，三灰叔指派了两个人，轮流守着，一有风吹草动，就向他报告。

从这时候起，父亲成为我们那里有名的上访户。他每天背着母亲蒸的馒头，斜挎着一个旧军用水壶，一级一级地去上访。而我们每天待在四面透风的塑料帐篷里，为父亲提心吊胆。有时候，父亲一连几天不回来，据说是被关起来训诫了。

父亲前前后后跑了有大半年，终于有几个白胖脸圆肚子的人来了，在我们居住的帐篷前，左看右看了好一阵。临了，一个大背头干部对父亲说：“盖吧，明天就动工盖屋，谁敢拦着，就找我，有什么后果，我负责。”

一周后，我家那栋青砖瓦屋就盖起来了。

打这起，父亲与三灰叔碰了面，就像是一棵树遇到了另一棵树，谁也不搭理谁。要是母亲碰上了三灰叔，还会清清嗓子，呸一口。

我也恼三灰叔，在心里。

如今，听说是三灰叔的儿子进财拉砖占了我家老宅，我突然改变了主意，同意了父亲回老家盖房的想法。我对父亲说：“盖吧，要盖就盖个小楼，高过三灰叔家的房子。”

父亲这晚很高兴，陪着我，喝了两大盅白酒。

父亲说：“你三灰叔走有两年了，眼下扛事儿的就是进财了。这些年，进财跟人合伙做生意，建窑厂，挣了不少钱。去年，村街道路硬化后，进财自己拿钱安装了太阳能路灯，一到夜里，大街小巷灯火通明，大伙就念起他的好。老宅盖房，顺不顺当，就看进财了，那是个难剃的头儿。”

借着酒劲，我告诉父亲：“三十年河东，三十年河西，我看进财拦一个试试，我专剃难剃的头。"

底气来自我这些年的人脉经营。这些年，县里乡里的头头脑脑们来省城跑部进厅、招商引资，我动用自己的关系，送给他们不少顺水人情，每次都会让他们高兴而来，满意而归。临走，他们攥着我的手不肯松开，再三叮嘱："回老家一定要提前打电话，让我们好好安排一次。老家有事情需要协调帮忙，言语一声，别见外。"

我对老家没兴趣，也不参与老家的任何事情，所以也从来没给他们添过这样的麻烦。如今，回家盖屋，兴许能用到他们，给他们一个报答的机会。

要了台商务车，我带着父亲回村。我决计跟谁都不打招呼，先回去试试水，看看到底有多深多浅。低调，其实是我多年来一直信奉和坚守的准则。

回村的路上，旧院的样貌开始在我脑里闪回，一帧帧，一幅幅，像老旧的电影胶片，清晰而又模糊。

旧院在村子的东头，紧挨着大田。院落的四周是用硬木和刺槐构成的篱笆墙。

我们那里水汽大，泥垛的院墙要不了多久就会坍塌，所以，就地取材，扎篱笆墙。篱笆墙的种类很多，在不同的地方有着不同的作用。木制的篱笆墙，用树枝和木棍扎成。村里人先在地上挖土起槽，然后将备好的木棍树枝依次插入槽中，再封土踩实，为了稳固，再用铁丝或麻绳拦腰缠上，紧固在立桩上。正对屋门的墙体，要留下一个缺口，用粗粗细细的木棍钉一个木栅栏，可开可关，这就是院门了。也有更为环保和省事的篱笆墙，就像我家的那种，全用大大小小的树木勾勒而成。

农谚说，清明前后，点瓜种豆。到了这个时节，大人们种好大田的同时，不忘在篱笆墙的根脚处埋下豆角、丝瓜和葫芦等种子，都是些拖长秧子的藤蔓类蔬菜。有苗不愁长，那些苗苗一开始弱弱的，有些不禁风的样子。不经意间，就长高长壮了，摽着劲地往身旁的篱笆墙上攀爬。先是一墙油光水嫩的叶子，不久，就一茬茬地开花，白的、黄的、紫的，真的是姹紫嫣红。到了秋天，篱笆墙上挂满了修长的丝瓜，圆圆的葫芦，还有一串串的梅豆角，它们在已有些泛黄的叶子间探头探脑，如初出门户的少女，羞涩得很。

村外也有篱笆墙，扎起来，是为了阻隔家禽和牲畜对苗圃和菜地的侵扰。村里村外，那一排一排的篱笆墙，守护着乡村的秩序，守候着农耕的殷实，守望着农家的希冀。

可是，这些乡村记忆已被我雪藏多年，很少在我的脑海里再现，那是我刻意的回避。

接近村子的时候，我猛然感到腮帮上爬动着两行清泪。这泪因何而流，连我自己也说不清楚。

真是冤家路窄，进村见到的第一个人竟是进财。我想，这样也好，当面锣对面鼓地把话说清楚，看看什么情势再说。

我还没提盖房的事儿，进财先说话了："平哥（我小名叫平），你家这老屋不中了，大窟窿小眼睛的，该翻盖了。我把砖都给你备好了，找一班儿建筑队，一个礼拜就把新房立起来了。"

我瞅瞅父亲，父亲瞄瞄我，都没猜透进财葫芦里头卖的是啥药。

我问进财："你从哪里进这么多砖呀？"

进财说，他前些年跟朋友合伙筑了一口窑，烧窑卖砖。去年，县里搞环境治理，勒令他们停工停产，毁窑复耕。没有卖出的砖，平分了，各自拉走，就临时码在了我家院子的空地上。

说起这事儿，进财一个劲儿道歉，说应该提前打个招呼，忙晕了。进财说："大伯，平哥，这砖恁家盖房要用，尽管用，价钱好说，给个运费就行。不想用，我立马再找地点儿挪出来，不会影响你家盖房修院。"

听话音儿，进财的头，没父亲说的那样难剃，够通情达理的。预设的阻力，没有了。

我对进财说："这房盖不盖，还没想好。你不用急着腾地方。"

说完这事儿后，我和父亲就打算回去，然后再做计议。进财拉着，死活不让走，非得留我们爷俩去家里吃饭。进财说："平哥，好不容易回来一趟，吃孬吃好，咱弟兄俩好好说说话。"

此时，父亲善良敦厚的底色再次显现，没有极力推辞。

我让司机去后备厢里搬来一箱白酒，进财差人去村食堂买了十几个菜，满当当摆了一桌子。

酒倒好，进财双手捧起一个酒盅，面朝父亲，说："大伯呀，俺爹临走的时候对我说，'哪天跟你大伯坐到一起的时候，替我敬杯酒，道个歉，就说这辈子对不起他。人都有犯浑的时候，求他原谅。'大伯，今天平哥也在，你大人大量，了了俺爹的这个心愿吧。"

父亲站起，又坐下。坐下，又站起。然后抖抖索索地接过酒，一口灌进肚子里，抹一把嘴，把泪也抹出来了。父亲说："其实，我早就原谅他了，我们俩就是谁都拉不下脸，都不肯第一个张嘴，别了一辈子。有多大仇怨呀？又不是谁把谁的孩子丢井里了。"

重又落座，父亲告诉进财："清明上坟的时候，跟你爹言语一声，就说你大伯早就不计较这些事了，让他在那边安安心心的。等我去了那边，也不会再跟他别了，俺老弟兄俩聚一块好好喷喷。"

话，说得我俩眼泪直打转儿。

从童年记忆说到村庄变迁，从脱贫攻坚说到乡村振兴，我和进财喝着聊着，几乎没什么沟通上的障碍，都在一个频道上。这让我这个自以为见过世面的人，感到惊讶。看来，这些年进财不光是做生意忙挣钱，他关注的还有别的。

果然，酒喝到尾声，进财吐露了心声，他说："平哥，村里下半年要换届了，我想竞选村委主任，名正言顺地给村里人做好事办实事。占着茅坑不拉屎，他们也该让让位了。我要是当上村民委员会主任，咱村一年通自来水，两年通天然气，三年建成文明村。平哥，你得支持我。"

听完这些，我突然没了喝酒的情绪，也开始怀疑进财今天的热情和诚意。设宴招待，替父道歉，难不成也是进财演的一出戏？

我敷衍几句，借故回城还有事情，带着父亲离开了村子。

麦茬地里，点种的玉米已经没膝深了，嫩绿如洗，青翠欲滴。他们列队摇曳，如欢送嘉宾的礼童。看着他们，内心猛然泛起一丝的欢愉。

我想，这些年，村子一年年在变化，村庄的人，村庄的事，很多东西都需要重新打量和认识，而我固守的却还是那些儿时记忆。其实，村子于我，逃离、躲避、背叛，都不是最好的选项，因为你的根在那里。

　　还有，虽不情愿，但让进财这样的人成为一村之长，对村里人来说，也许是一件幸事。他有钱，有心，有头脑，还有热情，有他的带领，村庄是会变个样子的。

　　只是，老宅的房子还要不要翻盖，我一时也没了主意。

黄 河 湾

天下黄河几道湾，几道窄来几道宽。几道湾里能跑马，几道湾里能行船。几道湾里栽桃树，几棵酸来几棵甜。

——中原民谣

能 豆 儿

做人精能，办事精明，对这样的人物，村里人赐号"能豆儿"。

在汴堤湾，称上"能豆儿"的，就只有董乾路了。

董乾路文化不高，用村里人的话说，麻知了尿到书本上——识（湿）字不多。就是精能，能得眉毛发空。

董乾路当民兵连长的时候，跟公社的武装部长打得火热，还认做了干亲家。后来武装部长当上了书记，就把董乾路提拔到了乡里，当水利站长，那能量，抵上一个副乡长。

汴堤湾在乡政府干事儿的还有一位，叫田成方。田成方原来是公办教师，选拔干部的时候，进了乡政府，当政府秘书，干些写写画画的活儿。田成方斯文、老实、不爱说话，三棍子夯不出

147

一个闷屁。跟八面玲珑的精能人董乾路比起来，那是天上地下，再掉到井里。

之前在乡政府是如何混人做事的，就不说了，单说这俩人在退休接班的安排处理上，就有了高低。

董乾路生有仨儿俩闺女，田成方养的是仨儿仨闺女，都眼巴巴地急等着自己的父亲退休，去接班呢。僧多粥少，狼多肉欠，安排谁接班，是个费脑筋的事儿，也有很多的智慧含量在里面。

尘埃落定。董乾路和田成方做出了迥然不同的选择：董乾路安排了最有本事的儿子小满顶替自己，田成方则让最窝囊的儿子秋生接了班。

对此，村里人七嘴八舌地瞎哄哄，长长短短地议论。有的说，董乾路这人，能是能，就是爱面子，让最有本事的儿子小满接班，是给自己立门面呢，哪管其他孩子的死活？还是田成方这人善良厚道，办事儿实在，知道惜护孩子。秋生这孩子窝囊，愚笨，给他个铁饭碗端端，一辈子吃香喝辣，样样都不发愁作难了。

对这样的一些议论，董乾路不跟人争，也不跟人吵，好像是自己薅了一把驴毛塞进了耳朵里，权当什么也没听见。

五年后，村里人才看出门道。都说，能豆儿就是能豆儿，背着手尿尿——不服（扶）不中。

这一年，董家最有能耐的儿子小满，当上了乡长。而田家的那个窝囊儿子秋生，在机构改革中被分流下岗了，发了两万多块钱的安置费，被打回原形，回家种地了。而且，也是在这几年里，由于小满的"运作"，他哥安排到了土地所，弟弟光荣参了军，兄弟几个都离开了土地，有了正经营生。那个秋生呢，像条不中用的狗，要跑没跑，要咬没咬，领导不待见，同事不抬举，在单位混不开。泥菩萨过河，自身难保，哪还有能力拉巴在家里修理地球的俩兄弟？

老日头有起有落，这日子还得过下去。田成方安慰秋生，有智吃智，没智吃力，眼下政策活泛了，不论干啥，都会有口饭吃，不能一棵歪脖树上吊死人。

这年春上，用那两万多块钱的下岗安置费垫底，田成方又拿出攒了多年的退休金，在村前一拉溜儿扣了三座大棚，一个儿子一座，种反季节蔬菜，踏踏实实地当起了菜农。

深秋的时候，场光地净，天气还算暖和。小满牵头，给父亲董乾路办六十六寿庆，场面那叫气派。前一晚，村东头放电影，村西头唱大戏，全是哥仁包的场。临近子夜，烟花又放了一个多小时，搅扰得村里头鸡犬不宁。第二天，来贺寿的小轿车一辆接一辆往村里涌，停满了一街筒子，席面待了三轮，还有没在这吃饭的。据说，连县长都托人捎来了贺寿的礼金红包。

这天，田成方爷几个没在村街里露面，一个个撅着屁股在大棚里侍弄菜苗呢。

村里人感叹：老话说，吃不穷，穿不穷，打算不到就受穷，还真是这么回事。瞧瞧人家能豆儿混得，推着小车上墙——猛一抖（陡）。

第二年开春的时候，田家也热闹了一回。一大早，就听见盘鼓敲得震天响，还有噼里啪啦的鞭炮声。一打听，是田成方牵头，办了个助丰农机服务中心，仁儿子都是他的股东。院子里，大小农机停了一大片，代耕、代种、代管、代收，一条龙服务，还流转到村里一百六十多亩耕地，弄得也挺红火。

乡长届满升书记，小满的仕途走得还算顺溜儿。这天，小满回来看他爹董乾路。爹问他："听说县里还空缺着一个副县长，你就没点想法？"

小满说："竞争得厉害，我的资历还不够。"

董乾路说："事在人为，还是活动活动吧。过了这个村，就没这个店儿了，吃完这个包子，就没这个馅儿了。耽误不得。"

临走，董乾路又对小满说："还有个事儿，去找领导'活动'的时候操个心，你弟弟就要退伍了，给安排个好工作。"

小满懂了爹的意思，就把捆好的一沓钱，连同自己的一份简历，装进一个档案袋里，封好，去找领导汇报工作。

小满这次"活动"的结果，让他那个能豆儿爹董乾路始料未及，副县长没提上，还领到一个处分：从书记降成了大头兵，老头儿摘柳絮儿——被抒成了光杆儿。

他找的那个领导出事了。

这下，虎熊熊的仨儿子，绵成羊了。小满没脸上班，见天儿转圈喝酒，成了个流逛锤。大哥在土地所也被挤对得待不下去，辞职做起了小买卖。小弟工作分得不好，气得去了南方打工。

几天工夫，董乾路一下老去了有十多岁，再没了往日的精气神儿。知情的人都叹：能豆儿呀，这回失算了，没有能到点子上。

罗　锅　儿

安生的父亲是个丑老头，麻脸跛腿罗锅儿腰。

麻脸罗锅儿不是村里的老门老户，大约是在 20 世纪 50 年代的时候，他孤身来到汴堤湾村，入赘到村西田玉米家当上门女婿。

中华人民共和国成立前田玉米穷得叮当响，娶了个傻老婆，生了个呆丫头，愁得田玉米吃饭睡觉都不香。麻脸罗锅那时还年轻，显得不那么丑，情愿讨田玉米的憨傻女子为老婆。这样一来，田家就多了一个劳力。谁知这罗锅看着年轻，干活却稀松，担水掌握不住平衡，一挑子水担到家里剩半桶。锄地把握不住分寸，杂草禾苗一块儿铲。气得田玉米不吹胡子就瞪眼。

叫人吃惊的是，麻脸罗锅儿干活不中却有邪才。有一次，大伙儿正在割麦，一只受惊的野兔突然蹿出麦垄，逃至罗锅儿身边时，只见罗锅儿飞身腾越，卷起一股旋风，再看，那只野兔已被罗锅儿牢牢攥在手中。

有一年冬天，村里人正酣睡，忽闻一片喊叫声："抓贼呀，粮仓被盗啦。"大伙儿一边穿衣服一边往粮仓那里跑，很快将仓院围了个水泄不通。那贼人胆怯，丢掉偷得的粮食，在仓库的屋顶上跑来跑去，急欲逃身。这是，只见平地飞起一个黑影，闪电般落至房顶，将贼人一把抓个正着，然后，一团黑影从房顶滚落地面。大伙儿定睛一看，擒贼者正是麻脸罗锅儿。

经历了这样两件事，村里人对田玉米家的这个丑女婿再不敢轻看了。见过一些世面的田五爷说："要不是他腿跛罗锅儿，我真要把他当成江洋大盗'草上飞'了。"

说起"草上飞"，在汴堤湾这一带可谓妇孺皆知。古城汴梁在中华人民共和国成立前夕，曾发生过一场惊心动魄的夺宝大战，各路劫匪齐聚汴梁，争夺一颗价值连城的珠宝，死伤近百人。据说后来那颗珠宝被一个匪号叫作"草上飞"的人夺得，此匪得宝后隐姓埋名，退出江湖，不知去向。田五爷那时在汴梁城混事，曾有幸目睹过"草上飞"的过人功夫。

田五爷说麻脸罗锅儿像江洋大盗"草上飞"时，许多人都笑了。有人说，"草上飞"长得虎背熊腰，一表人才，罗锅儿咋能比得上。再说了，罗锅儿要是有值钱的珠宝，日子也不会过得这样凄惶。

罗锅儿站在那里，不言不语，陪着大伙说笑一阵，便各自散去了。

20世纪60年代初，天灾加人祸，村里人的日子越来越不好过了。冬天的时候，七岁的安生患了重病，烧得昏迷不醒，急坏了既当爹又当妈的麻脸罗锅儿。为给孩子看病，罗锅求遍了亲朋好友，用借来的钱保住了儿子的一条小命。后来，开始填不饱肚子了，一家人饿得浮肿，身上一摁一个坑儿。安生记得有天晚上，罗锅儿父亲看着一家人黄灰灰的脸，在屋里转了几圈后说："你们等着我，我去给你们弄好吃的。"然而鸡叫的时候，父亲回来了，却两手空空。

这几年，村子里不断有暴发户涌现，把个年轻人刺激得骚动不安。做假烟，来钱快，村里很快就有好几家加工生产名牌假烟的，挣了不少黑心钱。还有造假酒、假药、假食品的，都发了财。罗锅儿父亲却常常告诫家里人，歪门邪道的钱不能挣，不能贪心不足，钱多会惹祸，平安才是福。有了这样的家庭训诫，他们家的日子过得殷实富足，平和安康。

黄叶飘零的时节，刚刚过完九十岁生日的麻脸罗锅儿病倒了，很重。这晚，昏睡了多日的罗锅儿，突然清醒起来。盯着床边守护的儿子，罗锅儿干涩的眼睛炯炯发光。老汉一字一顿地说："孩子，我能活到九十多岁，是我的福分。如果我当初执迷不悟，怕是连骨头都沤糟了。孩子，你知道吗？我就是那隐退江湖的'草上飞'，为了苟活，我毁容自残，隐姓埋名，残喘至今。当年日子难熬，我几次想动宝救急，但始终未能成行。我担心珠宝出世之日，就是好多人人头落地之时，你也许不知道，多少年了，还有人在寻宝不止。孩子，那珠宝藏匿之处，就我一人知道，我也不想告诉你，父亲只想让你过一种平静踏实的生活。就让那价值连城的珠宝永远埋进地下，别来祸害人间。听明白了吗，孩子？"

看着父亲，安生一下一下点着头，泪如雨下。回想起父亲一生的坎坷遭遇，禁不住痛哭号啕。

待他睁开泪眼，再看父亲时，老人已闭上了那双饱经风霜的眼睛，走得很安详。

老 倔 儿

他的大号叫魏国栋，只是，知道的人不多，都喊他"老倔儿"。

倔，是有来历的。

那年，村里搞分田承包，把集体资产也分了。凭手气，靠抓阄，老倔儿分到了一头牛，也算是趁了心，遂了愿。

老倔儿对地亲，更喜欢牛，每天好草好料地喂它，还给它刷毛毛、挠痒痒，比对自己的老婆都上心。

这年的夏天，老倔儿赶着牛耕地，打算翻了麦茬种红薯。老倔儿看着人闷闷的、肉肉的，却急活儿。天擦黑的时候，还剩下两垄地没犁完，那牛却累得不行了，正走着，俩前腿一折，跪趴下了。

老倔扎好犁，丢下鞭子，打腰里摸出一根纸烟，蹲下来，抽着，陪着牛一块儿小憩。太阳下山的时候，落得快，眨眼工夫，就嵌进地下半个日头。老倔儿思谋着，今儿个无论早晚得把这两垄地耕完，明天一早去赶集买红薯芽，尽早栽上。春争日，夏争时，耽误不得。老倔儿就踩灭了烟头，紧了紧腰带，捡起鞭子，开始吆牛。

那牛不知是累坏了，还是饿极了，磨磨蹭蹭地不愿站，牛头东拧西躲地避着老倔儿甩过来的鞭梢儿，牛却趴在那里纹丝不动。老倔恼了：养兵千日，用兵一时，爬坡的时候你给我掉链子。啪，啪，他抡圆了鞭子，照着牛的两肋，左一鞭，右一鞭，打得牛两肋渗血。

打到第五十六鞭的时候，牛受不住了，曲着俩前腿，勉强站起来，却又后坐下去，然后再歪歪扭扭地往起站，最终还是把两垄地耕完了。

回到家，老倔儿给牛淘洗了一石槽鲜嫩的青草，又拌进去好多新打下的麦麸子。可牛跪卧在槽前，就是不开口，眯着的眼睛里似乎含着泪。这时，老倔儿心疼了。他去锅灶里，掏了一盆热灰，一遍一遍地抹在牛的两肋上。

第二天，老倔儿去赶早集的时候，看见牛头贴到地面上，死了。

村里人知道这事儿后，都说："这个老倔儿呀，倔得能别死个牛。"

"倔事儿"还不止这一桩。

那天，四狗子找到老倔儿，说："老倔儿叔，我在镇上的福喜来订了桌，晚上喝酒去呀。"老倔儿拿眼翻了翻他，回了两个字："没空。"弄得四狗子灰突突地走了。

四狗子走后，老倔儿开始跟自己说话："一撅尾巴，我就知道你要拉啥粪。早干吗去了？见天个吃喝摸牌，欺男霸女，正经事儿不干一件，要换届了，又来拉票，还想继续当你的村干部。没想想，人的眼都瞎吗？"

隔几日，四狗子又差人送来一条烟两瓶酒。老倔儿一见，倔劲儿上来了，说："东西你要敢放下，我就扔到粪坑里。你回去告诉四狗子，我不会给他投票的，这话明说。要是他领着把该修的路修了，该挖的河挖了，该打的井打了，不用请客，也不用送礼，票就是他的。你说，这些事，他做了哪一件？"

老倔儿没投四狗子的票，四狗子还是当选了村民委员会主任。有人对老倔儿说："你这个老倔儿呀，倔得不会拐个弯儿。选举投票是无记名的，秘密画写，选谁投谁天知道，你非得明打明敲地得罪人，等着人家报复你吧。"

老倔儿不服，说："就这脾气，改不了。"

报复果然来了。

四狗子连任不久，就捣鼓着调地，他知道老倔儿种着一方上等好田，加上老倔儿种地上心，收拾得方是方圆是圆的。抓阄时，四狗子做了手脚，如愿地把一块撂荒多年的地，置换给了老倔儿。

老倔儿蹲到地头，闷闷的。抽完一包烟后，倔劲又上来了："这算个球，不出两年，还是一方好地。"

腊月里，下了一场雪，房上地上都糊了一层白。夜里，老倔儿睡得正香，忽听得村街里人也喊、狗也叫，闹闹腾腾的。老倔儿裹着一件棉大衣，循着声音往外走。走近，听见村医顺良正在那里喊叫，快找车："往县医院送，晚了，命都难保。"

是四狗子得了脑溢血，已经人事不省。

有人说，全村就老倔儿有辆面包车，每天拉着人去市里打工挣钱。可老倔儿跟四狗子闹得僵，车，怕是借不出来。

正嚷嚷着，老倔儿把车开到了院门前，喊："快抬上来。"

雪还在下，雨刷来来回回地刮着，还是看不清道儿，好几次，差点掉进路沟里去。到了县城，老倔儿拿捏出一身水。

在医院的重症室住了半个月后，四狗子看好了病。回村第一件事，就是掂着大包小包的东西，去谢老倔儿。

老倔儿打开院门，立时又合上了。隔着门缝，他对四狗子说："桥归桥，路归路，一码是一码。赶快走吧，我是不会让你进门的。"

四狗子扶着院门，站了好大一会儿，最后叹了一声："这个老倔儿呀。"

乡 贤 故 事

1

过完五十六岁生日，老马就被从领导岗位上给"切"了下来，这叫退二线，一刀切。

刚退职回家，还真有些不适应。吃了饭，夹上包就要去单位，走到门口，想起来不用去了，就拍拍脑袋退回来，老半天神思恍恍惚惚的。出来散步，不由自主地就想往单位那边走，想想再去那儿晃荡不合适，就折返头往回走，脑子还想着单位的事，险些让汽车给撞了。

得想法子脱离这个环境，老马想。于是，老马回到了老家汴堤湾。

尽管有心理准备，乡村如此凋敝的状况还是让老马感到吃惊。如今的村子已聚不到人气了，没了炊烟绕树，没了人欢马叫，甚至没了牧歌，没了鸟鸣，沉寂得如一座墓园。

一进村，老马看见路边停着一辆警车，附近的院落里挤满了人，老的老，小的小，看着说着，七嘴八舌，乱乱哄哄。

有人告诉老马，是根成的媳妇被人祸害了，怀着孕。这闺女先时也在南方打工，和根成在一块，这不要生孩子了嘛，就自个先回来了，没想到，出了这样的事。村里人还告诉他，这些年，年轻人都出去了，村里剩下的全是老弱病残幼。一些地痞流氓、小偷小摸就趁火打劫，先是偷粮偷车偷牲口，后来就进到屋里抢，还祸害人。

老马说："村干部就不管吗？"大伙说："没人管，他们都忙着挣钱呢，到换届的时候才回来，挤扁了头要进两委班子。"

老马的心情很沉重，他决定留下来，配合刚刚入村的扶贫工作队做些事，也算是了却自己的一桩夙愿。多少年了，回报家乡的愿望一直在他心头盘桓，现在他有机会和时间了。

打扫好自家的老屋，搬进去一套自带的被褥，老马很快安好了家。用一个星期的时间，老马挨门挨户走访登记，摸清了所有留守人员的情况，并分类造册。老马根据居住位置和人员构成，将村民每十户编成一个组，成立留守互助组。地里有活互相帮，谁家有事搭把手。成立夜间巡防队，每晚每组派一人，轮班值守。老马还到乡里反映情况，争取到了"警铃入户"项目，在村里安装了平安大喇叭。

汴堤湾一下子平安了，那些叫人糟心的事儿再没发生过。

麦收的时候，村民老闷儿崴了脚，走路像跛脚鸭子。老闷儿正抠着脚趾犯愁呢，看见一台四轮开进了院子，几十袋麦子垛成了墙。领头的老马说："留守互助组帮你收了麦子，你咋感谢大家？"老闷儿一激动，搓起了手，说："我请大伙喝猪头肉，吃啤酒。"老马说："看看，老闷儿一激动，连话都不会说了。"逗得大伙笑出了一身的汗。

收完秋，夜变长了。老马和他的留守巡逻队不敢怠慢，害怕这种平安祥和的氛围出现反弹，他们穿上棉大衣，掂着自制的警棍和手提灯，村里村外地巡逻。结果，发现了一些异常情况：每晚九点钟后，村里的狗总叫个不停，此起彼伏。老马也感到奇怪，咋回事儿呢？谜底让老闷儿给解开了：村两委要换届，乡里开过了动员会。听说今年不提名候选人，实行"海选"，选着谁，谁干。

老马还是没听明白：这跟狗叫有啥关系呢？老闷儿抠完鼻子，又猛地射出一口痰，说："当然有关系了。那几个想当村干部的货，趁天黑挨门送礼拉票呢。送礼卡，送米面，送红包，送啥的都有。村西的烧鸡店，见天儿满棚，全是请客拉票的。人一动弹，狗就吆喝，这几天，好几家的狗，喉咙都叫唤哑了。"

老马听出了门道，说："这些人糊涂啊，平时都干吗去了。给村里修修路，架架线，装上路灯，让群众舒舒心心过日子，把钱花到正地方，多好。临时抱佛脚，只怕百姓不买账啊。"

那天，老马正写驻村日记，一个年轻人过来了，脖子上挂一链子，金灿灿的，粗得像拴狗链儿。年轻人自我介绍说："老叔，您可能不认识我，我叫江德成，是汴堤湾的村民委员会主任。我带着建筑队一直在汴京城干活，忙得很，没顾上来看您老人家。我知道你回汴堤湾干了不少事，余热生了辉，值得晚辈学习。眼下，不是又该换届了嘛，您在村里待着，会影响到我的连任。您是老干部，在官场混这么多年，明白这些理儿。"

老马说："这些我能明白。只是我不明白，你既然要忙生意，顾不上村里的事，干吗不让贤呀？"江德成一听，拉出一张驴脸："我要让人知道，汴堤湾是我的天下。"

这话吓到了老马，脊梁骨嗖嗖地冒冷气：这个乳臭未干的浑蛋小子，怎会有这样无耻的想法。照这样下去，村子何时能够脱贫，老少爷们的苦日子，熬到啥时候是个头儿。

那晚，老马掂一瓶酒，跟扶贫工作队的队长老杜，喝着，聊着，直到窗户放光。贫困户怎么如期脱贫，扶贫产业如何定位，怎样把外出打工的人员吸引回来，翻来覆去地议。很多想法，竟是不谋而合。

村委会换届选举在大年初五进行，这时候，外出打工的人都回来过年，参选率高。这天，江德成和他的竞选对手上蹿下跳，又发誓，又许愿，天花乱坠，拼着命地给自己拉票。作为新乡贤的代表，老马参加了选举大会。

下午一点，计票结束，村选举委员会主任宣布：马家林当选汴堤湾村委会主任。

马家林，就是新乡贤老马。

后来，老闷儿告诉老马，大伙得罪不起那些人，礼该收收，饭该吃吃，投票，心里都有一杆秤，该投谁投谁。

2

老马上大学前，一直住在村里，至今记得这样一句顺口溜：一流高台（戏曲演员）二流吹（吹响器的），三流劁匠四流推（剃头的）……顺口溜把劁匠列入了下九流，如此，谁还愿做这样的行当呢。

不过也有人不信这个邪，老马有个发小，叫翟发根，他就选择了做劁匠，走村串户劁猪骟狗。

说来，翟发根做劁匠也是个不得已的选择。他家是个"辈辈穷"，到他这辈儿，已经算是"穷三代"了。

翟发根劁猪的工具很简单，一柄磨得飞快的镰刀头，一根被砸扁后磨出刀刃的钢条，再加上铁针粗线，这样就可以做猪们的绝育手术了。农家养猪，阉割是必须的。刚买来的伢猪要阉，不然的话，在成长的过程中它会想入非非，影响育肥上膘。不繁母猪也要劁，否则，它总会有几天哼哼唧唧地不爱吃食儿。再有，凡劁过阉后的猪，长得快，肉不臊。如此，劁匠翟发根就不愁没生意做了。

靠劁猪挣来的钱，翟发根翻修了漏雨的房子，娶了个麻脸老婆，后来还添了个欢欢实实的小子。一次游乡，发根听人说，要想让儿子健康成长不出偏差，最好认一门儿干亲，让亲家在儿子脖子上挂一把长命锁，亲手锁上，孩子就会一生平安。

认给谁呢？翟发根想起了铁牛镇开代销点的老袁。

老袁的代销点开在镇街的中心位置，门前一条大路东西贯通，来来去去很方便。老袁的代销点很简陋，靠后墙摆放一长方形的木制货架，里边放着毛巾肥皂、牙膏牙刷、铅笔毛笔、劣质香烟。水泥柜台上，摆着盐罐醋坛酱油缸。进去，一股浓浓的百货味。

翟发根游乡劁猪路过老袁的代销点，总会停下来，歇歇脚，买包烟，跟老袁不着大不着地地喷会儿。有时喷热乎了，老袁会捧出一捧臭焦花生，掂出一瓶光肚子白酒，两人喝着喷着，直到日头趴窝。发根也不白喝老袁的酒，下次路过，他会带些树上结的梨呀枣呀，地里产的瓜呀菜呀，给老袁。一来二去，两人成了好朋友，好得多出一个头。

认干亲的事儿一提，老袁满口答应，把腿拍得啪啪响。老袁说："我养了仨丫头，做梦都想有个儿子呢，你是遂了我的愿。"

摆宴，叩头，挂锁，一门干亲算是认下了。

干亲戚，干亲戚，逢年过节备好礼。认罢干亲，每到中秋节和春节，做干儿子的，要带着好烟好酒好点心，去瞧看当干爹的，这是应有的礼数。开始，儿子年龄小，都是发根陪着去。后来儿子长到十多岁的时候，就由儿子单独去。

这期间发生了好多事儿。先说老袁。镇上呼啦一下开了好几家超市，把老袁的生意挤垮了，有时候一天下来连一包烟都卖不出去。老袁一恼，来了个老和尚搬家，吹灯拔蜡，不干了。翟发根更惨，先是劁猪的生意越来越少，接下来是麻脸老婆老是害病，两年做了三次大手术，花空了家底儿，还欠一屁股两肋的债，那日子过得是吊死鬼赶集——谁见谁害怕。叫发根寒心的是，连亲家老袁都看开始不起他家了。有年的中秋节，儿子去看干爹回来，进门就开始抹眼泪儿。儿子说："干爹瞧不起人，条几上摆着一刀肉，白里掺红的五花肉，愣是不肯让他吃，招待他的菜，一个炒冬瓜，一个熬茄子，一丁点肉腥都没有。"发根听了，先是生气，后又安慰儿子："别跟干爹计较，兴许那刀肉干爹有特殊用场呢。"

可是，春节的时候，干爹老袁如法炮制，还是条几上摆着一刀肉，不给吃，给儿子上了一碗熬白菜。这回发根真恼了，咬着牙说了两个字：断亲。

害够了病，儿子十八岁那年，发根的麻脸老婆走了。发根忙完地里忙家里，还要攒钱还欠账，日子过得凄惶，儿子都二十大几了，还没能找上个对象。扶贫工作队一进村，他家就成了建档立卡的贫困户。

上面来的工作队长是畜牧局的干部老杜。

老马拉着扶贫队长老杜到发根家，一连坐了好几个晚上。老马对发根说："你劁过猪，对猪的脾性有了解，养猪吧，我送你五头能繁母猪，下了崽，一茬一茬养着，慢慢扩大，办个小型养猪场。技术上，有杜队长帮扶，他是咱县的畜牧专家。"

有技术指导，有资金帮扶，翟发根靠养猪脱了贫，还清了欠债，翻修了房子，儿子也寻到了媳妇，腊月二十六就要办喜事呢。

迎亲的日子眼看就到了，发根突然想起一件事。按照乡俗，儿子结婚前是要找认下的干爹开锁呢，不然对儿子成婚生子不利。可是，断亲这么多年了，老袁还认这壶酒钱吗？

发根去找老马，说："你这么多年都是脸朝外的人，法子多，面子宽，开锁这事儿，你得想想办法，费费心。"

老马听完来龙去脉，眨巴一会儿眼，说："买把新锁，备一份厚礼，我领你们去找老袁开锁。老袁这人我认识，是个清亮人，不会办下糊涂事，放心吧。"

来到老袁家，老马领着发根爷俩一进屋，看见条几上依然摆着一刀五花肉，红白相间，鲜鲜亮亮。

寒暄，落座。趁老袁离开的工夫，老马凑近了那刀五花肉，拿手一抹，硬撅撅的。正纳闷，老袁过来了，说话有些上气不接下气。老袁说："可像一块肉是吧，其实是块石头，是前些年一个朋友送我的摆件，他说这叫肉石。"

发根凑过去一摸，凉凉的、硬硬的，果真是一块石头。咔嚓一声，心里头打了个闪。

老袁果真厚道，没有拿发根爷俩的理儿，顺顺当当地开了锁，还硬塞过去二百块钱的喜礼。

开过锁，打老袁家出来，发根对儿子说："咱们误会你干爹了，以后，这门亲戚还得拾起来。"回头，对老马说，"唉，说来说去，都是穷闹的，穷了，总怕人看不起。"

老马说："是啊，现在你是养猪大户，给你一扇猪肉，也不稀罕。好在这种因为穷闹下的误会，以后不会有了。"

3

发根家的事儿刚解决，老马又碰到一件棘手事儿：老耙板儿跟老砍刀，为争一块承包地，杠上了，闹得不可开交，弄不好，要"耍权"。

老马就分头去做工作。见了老耙板，老马说："饭要一口一口吃，地要一垄一垄种，是吧。给我点时间，等我问清根由。"见了老砍刀，老马说："香要一炷一炷敬，卦要一卦一卦卜，是吧。稍缓些日子，等我吃透实情。"

一连几天，老马饭碗一推，就摸黑入户了解这块地的来龙去脉，几经周折，总算弄了个门儿清。

老耙板儿，大号田玉德，人实在，肯下力，这辈子就亲地，比对老婆孩子都亲。老耙板儿说："这世上啥最厚道，啥最仁义呀，土地。你给她一粒粮，她还你千颗籽，你对她好一季儿，她对你好一辈子。通人性，知好歹。"

兴许是上天眷顾珍爱土地的人，分责任田的时候，靠抓阄，老耙板儿分到了村东地的一方上好水田，红籽泥土，能浇能排，且平展方正。夏耕秋种，他总会撒上厚厚一层农家肥，把地整得暄暄的、肥肥的，种下的庄稼，根儿扎得深，苗儿长得旺。

不久，有人红了眼，鼓捣着要调地。这人叫马得利，外号老砍刀，好吃懒做，还爱装神弄鬼。老砍刀说："老话讲，风水轮流转，田玉德不能霸着那块好地不撒手啊，他一辈子吃稠的，我们喝稀的呀。"老砍刀分地时抓到一方沙滩地，一直耿耿于怀。村民委员会主任耐不住老砍刀的缠磨，就去找老耙板儿做工作，好话讲了一火车。胳膊扭不过大腿。老耙板儿说："那就还抓阄吧，老砍刀心歪，老天爷公平。"这回，老砍刀抓阄时做了手脚：他去找纸笔的时候，提前写好一个"滩地"的纸蛋儿，夹在指缝儿里，后来他在手里摇的都是写有"滩地"的纸蛋儿，谁先抓，捏到的定是"滩地"。那天，老耙板儿气鼓鼓地先捏了一个纸蛋儿，哆嗦着剥开，一看是"滩地"，一跺脚走了。

人勤地不懒，老耙板儿相信这个理儿。除草，深翻，平地，打畦，掘井，架线。这片沙荒地让老耙板儿侍弄得像小寡妇遇到了可心的汉子，一天天生动起来，有了光彩照人的模样。他在这里栽果树，种蔬菜，把沙荒地变成了花果园。

哪知道，老砍刀就又动起了歪心思。老砍刀这几年背运得很，养鸡鸡生病，喂猪猪掉价，老富不起来。前些日子，老砍刀请来的风水先生告诉他，他家的老坟地没扎好，需选一块风水宝地，拔坟，才可破解。老砍刀领着风水先生村前村后地转，就转到了老耙板儿的那块沙滩地。风水先生东瞅瞅，西望望，眼睛猛然一亮，说："人交好运、畅财运，需阴阳五行之气，而气有两说。一是能随风飘散，所以需藏风；二是遇水则止，所以需有水。就是说，好墓地要能藏风得水。你看这片滩地——背靠黄河大堤，能藏风；前有惠汴河流过，能见水。难得的风水宝地呀。"

老砍刀听了，后悔不迭，恨自己当初是撅屁股看天，有眼无珠，这样的风水宝地，竟拱手送给了老耙板儿，怪不得老东西这几年的日子，顺风顺水的，船在这儿歪着呢。

听说老砍刀又要换地，老耙板儿气得胡子直抖，根本停不下来。这老砍刀也太欺负人了，这回就是打头喝脑子，也不换了。

事情呢，就是这么个事情，情况嘛，就是这么个情况。老马学着小品里的句子，把摸来的情况汇报给了扶贫工作队的同志。老马最后说："大家该入户入户，该建档建档，老耙板儿和老砍刀的矛盾纠纷我来化解，放心，不会让他俩'耍权'。"

开春儿，工作队要帮村里翻建村室。动工前，老马大张旗鼓地请来了风水先生。老马对村里人说，这位风水先生道行深哪，前些年，县里修路，架桥，盖办公楼，头头脑脑们都要请他去看嘞。特别是看风水选墓地，那是寅葬卯发，非常灵验。老砍刀听说后，悄悄前往打探，一看便被震住：老先生鹤发童颜，银须飘飘，仙风道骨，可谓大师风范。

当晚，老砍刀揣了烟酒过来，说想让老马请来的风水先生看风水选墓地，还愿意出一笔香火费。禁不住老砍刀软磨硬泡，老马才答应下来。

老砍刀心下欢喜，第二天一大早，直接把风水先生领到了老耙板儿的沙滩地。风水先生左测右量，闭目沉思，然后缓缓摇头，说："山讲来龙与方位，水讲横行与回绕。平原无山可依，墓地得水为上。这里万万不可建墓。"于是，村前村后地转。村西，有片荒地，是一座废弃的砖窑厂，满地的荒草碎砖。至此，风水先生的腿有些沉，脸上却来了精神。左走走，右看看，说："这里周边四河相通，水有环绕，土含五色，草木繁茂，乃上等墓地。若迁建祖坟于此，要财得财，求官得官。"老砍刀听了，千恩万谢，塞给风水先生一个厚厚的红包，窃喜而去。自此，再不提与老耙板儿换地之事。

择日，老砍刀雇人吹吹打打地把祖坟迁到了那块荒废地，日巴夜盼地坐等儿子升官、家里发财呢。

只是老砍刀不知道，给他选墓地的那人，并不是真正的风水先生，而是汴京市豫剧团的一名退休演员，跟老马是邻居。是来给老马帮忙解决问题的。

在接下来的扶贫工作碰头会上，老马说，解决老砍刀这样一类人的问题，要分两步走，先治愚，再脱贫。

哪知，脱贫工作刚刚进入攻坚阶段，村里又发生了一件意想不到的事情。

4

汴堤湾村西有一坡地，三千多亩，土质好，地势高，旱能浇，涝能排。老马上任后，就把这坡好地规划成了蔬菜种植基地，常规种植加反季节栽培。老马说："咱这离城市近，要把这方地打造成汴梁城的菜筐子。"

不知是咋了，今年各家的菜比往年长得好，卖得却不如往年俏，价钱也上不去，批菜的小贩也不乐意往这儿来。村里人着急，就装了菜自己到城里去卖，也不好销。掂着菜篮子的城里大妈走过来，先问："哪里卖菜的呀？"回答说："汴堤湾的。"城里大妈就摇摇头："汴堤湾的菜，不能买。"说完，一晃一拐地走了。

卖菜的人就犯嘀咕：汴堤湾的菜咋了，菜上也没抹屎尿，咋就不能买了呢？

这事儿引起了老马的关注，蔬菜种植可是汴堤湾的产业扶贫项目。这样下去，如期脱贫的事，可就砸锅了。当晚，老马喊来大学生村官小苗，说："咱俩得去摸摸情况，搞个调研，调研题目就是，城里人为啥不买汴堤湾的菜？"

第二天一大早，俩人分头行动。老马有个熟人，姓牛，是汴京城里管市场的，还是个副局长，信息灵通。打通电话，才猛然想起，今儿个是礼拜天，牛副局长不上班。老马心急，就直接去了牛副局长家。牛副局长穿着睡衣，踩着趿拉板儿，正在阳台上忙活儿呢。老马看了，问："你这阳台上不栽花不种草，盆盆架架的这养的是啥呢？"牛副局长笑笑，对老马说："你看，这是多层叠盆，这叫组合式种植箱，都是人家最新发明的阳台栽培设备，是专利产品呢。盆里种的是菠菜、香菜，架上种的有豆苗、辣椒，全是些时令蔬菜，关键是不打药，无污染，自种自吃。"

牛副局长的爱人也走过来插话，说："如今乡下人种的菜是不敢买也不敢吃了，特别是汴堤湾的菜，更叫人不放心，西瓜上面喷膨大剂，黄瓜上面抹避孕药，用污染过的水浇田，这样种出的菜还能吃吗？我们可不想让我们的宝贝孙子吃着这样的蔬菜长大，你说是不是？"

不知是阳台上面太热，还是其他什么原因，老马忽地就出了一身的汗，濡湿了后背。他谎称有事儿，红头涨脸地与牛副局长道了别，惶惶而走。

傍晚，大学生村官小苗摸情况也回来了，俩人开了个碰头会。小苗说："据了解，城里人之所以不买汴堤湾的菜，主要原因有两点。一是前些日子有学校食堂买了汴堤湾的菜，因农药残留严重超标，造成几十名学生食物中毒，影响极坏。二是城里人都知道，汴堤湾的菜农家家都有一块自留地，自留地种菜用农家肥，不打药，自种自吃。大块儿田里却猛施化肥，滥用农药，只求增产，专供城市。城里人嫌我们的菜农太自私。"

老马听了，又出了一身的汗。他跺跺脚，走了出去。

汴堤湾的菜农家家有块自留地，这事儿不假。每块地有三分多，除了种时令蔬菜，还栽有苹果、柿子、石榴等果树。地里只上猪粪或牛粪，从不用化肥，也不打农药。菜农的家里还养着笨猪、笨鸡，不喂饲料，只喂些糠麸或粮食。菜农们平时只吃自家自留地的菜，吃自己养的鸡蛋猪肉，心里头放心。他们说，化肥农药都有毒性，长年吃容易得病，对孩子也不好。所以，慢慢地，菜农们种地搞起了"一田两制"。

如今，这"一田两制"的种植模式，给汴堤湾带来了灭顶之灾，成堆的新鲜蔬菜都烂在了田间地头，村子里弥漫着一股股腐臭气。

正转悠，有人拦住老马，说："你别光背着手转圈儿呀，想想法子。"

老马摆摆手，耸耸肩，一脸无奈的样子："要想公道，打个颠倒。你是城里人，会买这样的菜吗？从根儿里想想，啥自留地呀，我看是自私地。等人家城里人家家户户都在阳台上也自种自吃的时候，咱们喝西北风去吧。"

晚上，扯上电灯，老马在村委大院开群众大会，让小苗把调研的情况先通报一下，接下来，老马讲话。老马说，闲话少说，大道理不讲。两条：一是家家户户的自留地取消，混到大田里。

二是家家户户的大田按自留地的种法种，搞有机蔬菜。

开春儿的时候，汴堤湾那三千亩菜地里竖起了一块牌子：汴堤湾有机蔬菜种植基地。

围着这块牌子，村里人在暖暖的春风里整地打畦。脚下的土地腥腥的、甜甜的，如哺乳期母亲敞开的胸怀。

乡 村 匠 人

秤匠康二爷

汴堤湾原有三家制作杆秤的作坊，如今只剩下了一家，杆秤的牌子曰"康正旺"。据说这牌子传了有二百多年，将近五代人，取"心正业旺"之意。

康家制秤多年信守两大规矩：不做劣秤，不做短秤。

康家制秤用料讲究，全是阴干的上等楠木。每年外出采买，运回后用锯截成长短不一的木段，码好备用。有人定制杆秤，就取来截好的楠木段，先以正刨刨圆，再以反刨清理毛刺，然后打墨线，定刀口，垂直打孔，在两端包焊铜皮，校杆定星，标嵌星花，再经抛光打磨，一杆结实耐用、秀气耐看的杆秤就算制作成功。

康家人认为，有了制秤的好料，不一定能制出好秤。这要看制秤人守不守规矩，讲不讲信用。就是说，要做杆好秤，先得称称自己。行家都知道，一杆秤，要是刀口的距离偏差两毫米，一百斤的重量就可相差七八斤，这叫"短秤"。

因为这样的信守，康家的制秤作坊关张过。

好像是民国年间，打汴京城来了几个定秤的，人五人六的，其中一个还镶着金牙，一说话满嘴发光。这伙人，屋里院外地转罢，排出一摆"袁大头"，说："都说正旺杆秤，料好工艺精，果然名不虚传，我们哥几个在汴京城收猪卖肉，大秤小秤都需要。您掂量着做，钱不是问题。这些是定金。"

接活的是康家老太爷，干瘦干瘦的。他睁开眯着的眼，打量一下这帮子人，知道是帮不好惹的主儿。老太爷说："康家制秤快二百年了，不做劣秤，不做短秤，只做准秤，坚守至今，我们不会坏了祖上传下的规矩，做昧心秤，挣昧心钱。各位还是另请高明吧。"

大金牙一听，火了，唰地抽出了剔骨刀，光闪闪的，比金牙还亮。说："少跟我讲这穷酸规矩，老子的话就是规矩。十天里，给我制好六杆秤。不然，烧了你家制秤的作坊铺子。"

惹不起就躲吧。当夜，康家人装了截好的楠木段和制秤的工具，赶着大车逃难去了，最终落脚汉口。再回到汴堤湾的时候，康老太爷已客死他乡二十余年。

据说，当年康家逃离汴堤湾后，段家和刘家的制秤作坊，很红火了一阵。没了康家这个标杆，他们做劣秤、做短秤，昧着良心挣钱，最终自砸牌子，落了骂名，混得狗屎不如。不久，段家的掌柜得了噎食病（食道癌），一命呜呼；刘家的掌柜得了气鼓病（肝腹水），不治身亡。两人一个三十九，一个四十一，正值壮年，制秤的手艺还没来得及下传。四邻八街的人都说，手艺人不守规矩，见利忘义，挣昧心钱，落不到好上。老天都看着呢。

那天，康家的康二爷去赶集，见一个老太正掂着一杆秤卖鸡蛋。买家问："你这给的够数吗？"老太说："你看，这可是汴堤湾康家的秤，正旺牌儿，准得很。"买家一听，不再言语，掂着鸡蛋高高兴兴走了，嘴里嘟囔着："现如今康家的秤买不到了。"

回来，康二爷搬出了落满尘土的工具箱，刨、钻、锤、墨斗，摆了满满一地。现在，他是康家杆秤制作工艺唯一传承人，他想重操旧业，把手艺传下去。而且，他明白，他要传的不仅仅是制秤的手艺。

康二爷膝下一儿一女，按照祖上传男不传女的规矩，康二爷别无选择。那天，康二爷告诉儿子家良："老话说，艺不压身，荒年饿不着手艺人。我想把康家祖传的制秤手艺教给你。你知道什么是定盘星吗？"儿子摇摇头。康二爷拿起一杆秤，说："这秤杆上的第一个星，就叫定盘，把秤砣挂在这里，秤杆是水平的。有了定盘星，才会称得准，才会知轻重。制秤要有定盘星，做人也要有定盘星。不做劣秤，不做短秤，是咱康家的定盘星啊。"

可是，儿子家良却背着康二爷制作了一批"短秤"。

正常做秤，利润低得很，挣不到几个钱。看到村里有人跑运输贩假货，都发了大财，家良红了眼，昧着良心接了一批活，也挣了一笔钱。

这事也是康二爷在集市上转悠时发现的。在肉架前，一个老汉，头发胡子全白了，手里掂着一杆秤，是康正旺牌的。老汉气得胡子直抖，说："五斤肉你少给我六两，心也太黑了吧。我觉着不对劲，回家拿康家的秤一称，少了六两。"卖肉的不服，说："我也是用的康家秤，不信你看看这牌子。"康二爷去看，果然标有"康正旺"字样。看过，白胡子老汉说："你这秤是假冒货，康家秤二百多年了，从不做短秤，我家收藏的康家秤有五六杆，个个精准，我这一辈子就信康家秤。"

康二爷灰溜溜退出人群，脸臊得关公一样。他看出来了，那杆"短秤"是康家的秤。他啥都明白了，儿子家良还是没有找准那"定盘星"。

康二爷回家后，磨了一把利斧，砍掉了儿子家良三根手指头，砸碎了祖传的制秤工具。

后来，面对办案人员，康二爷说："在我眼里，手艺可以失传，规矩不能丢掉，诚信不能断代。"

铜匠米铁嘴

那些年月，乡下人的日子过得紧巴，不少人家常常是吃了上顿儿没下顿儿。吃的紧张，用的就更不用说了，锅碗瓢盆缸，一用就是好多年，裂了，烂了，碎了，也舍不得扔，等游乡揽活的铜匠来了，拿过去铜补，接着再用。

汴堤湾的米世河就是这样一位补锅钉碗的铜匠。

米世河的家当是一根扁担，两只箱子，外加一个马扎，一副铜锣。每天，当日头爬上他家老柳树的梢头上时，铜匠米世河就挑着担子上路了。游到一个村子，在村街居中的位置，寻一棵大树，在下面摆开了摊儿，当当，敲响铜锣，这就开张了。米铜匠的两只箱子一头装的是铜钉、铜丝、铁丝、铜片、铁皮，还有油泥子，为材料箱；另一头装着弓子、钢锯、刀斧、钻头，还有一把锤子，为工具箱。

这时，有人就捧着一只碗过来了，一看，碎成了三瓣，还有铜补的价值。米铜匠就拿起弓子，安上钻头，在裂缝的两侧均匀打眼，然后，镶上锔钉，抹上泥子，晾干后舀水一试，滴水不漏，这就算大功告成。

米锔匠热心肠，爱说话，人称"米铁嘴"。锔碗补锅的当儿，他是手不停，嘴也不闲。比如，刚才来锔碗的那位，是个刚过门不久的新媳妇，羞羞答答的样子。米锔匠就边打眼儿边问她："这碗好好的，咋就摔破了？"新媳妇勾着头，怯生生地告诉他，碗是丈夫喝醉酒后摔烂的，嫌她怀不上孩子，骂她是只会趴窝不会下蛋的母鸡。新媳妇说着说着，噗答噗答，掉起了眼泪。米锔匠就劝她，这过日子比树叶都稠，凡事想开点。再说了，怀不上孩子，还不知道怨谁呢，再肥的地，撒不里好种子，照样没收成。这道理给他讲讲，俩人一块去医院查查，兴许就看好了呢。米锔匠的话，说得新媳妇脸红红的，一个劲地点头。

又一天，有爷俩搬着一口打破的水缸，来找米锔匠锔补。这缸壁瓷瓷的、厚厚的，轻易是烂不了的。米锔匠一边忙活，一边问破缸的缘由。老一点的"缸主"说，邻居欺负他家孤门独户，垛院墙时硬是往外扩了有一砖头宽，占了他家的宅子。为这，两家干仗，把水缸都给砸了。米锔匠听了，直摇头，说太不该。米锔匠说："恁爷俩可听说过六尺巷的故事。大清康熙年间，有个大学士叫张英，一天张英收到家信，说家人为争三尺宽的宅基地与邻居闹翻，要他利用职权打通关系，赢得这场官司。张英看罢信，笑了笑，然后回信一封，并附诗一首：'千里修书只为墙，让他三尺又何妨？万里长城今犹在，不见当年秦始皇。'家人接到这封信后，明白了个中道理，主动让出三尺宅基地，邻居见了，也让出三尺，这就成了六尺巷。老话说，千年搁街万年搁邻，互相让让，比啥都强。"

米锔匠的故事讲完了，缸也修补好了，爷俩的也气消了，付了钱，抬上缸，默默地走了。后来，听说争宅基的这两家竟结成了儿女亲家，不知道跟米锔匠的"故事"有无关系，反正米锔匠补锅锔碗兼说理劝和的兴致更足了。

后来，地分到了户，打的粮食多起来。囤儿里有了粮，腰里有了钱，老农民的日子也就不再抠抠唆唆的了。粗瓷碗换成了细瓷碗，老铁锅换成了钢精锅，盛水缸换成了自来水，不需要锔锔补补的了。米锔匠的挑子先是高悬到了梁头上，后被开农家乐的老板给花钱买了去，成了城里人想家怀旧的文物道具。

不当锔匠的米铁嘴依然热心肠，依然爱说笑。开始的时候，米铁嘴当媒人，走村串巷牵线说媒，靠着三寸不烂之舌，成全了不少世俗婚姻，混得个每天酒肉豆腐汤。不几年，媒人也不吃香了，村里的小青年偷偷摸摸地自己就搞上了。米铁嘴又一次丢了行当。

不久，村里成立"民调委"，专管村里打架斗殴、邻里纠纷的调解处理。米铁嘴能说会道，爱管闲事，该是最好的人选了，于是大伙一致推荐他当"民调委"主任。走马上任，米铁嘴真的如鱼得水，民调工作干得风生水起。米主任挂在嘴边的一句话就是，没有锯不倒的树，没有补不住的锅。两口人闹离婚，弟兄们要分家，悔婚退彩礼，种庄稼争地边儿，凡此种种，经米铁嘴一"拆洗"，多是皆大欢喜，满意而去。

这年的冬天，米铁嘴碰上了一件棘手的事。泥水匠马三摸黑儿从城里赶回家，正撞上老婆与村里的教书匠谢文章亲热偷欢。泥水匠马三掂着瓦刀满街跑，撵得教书匠兔子样无处钻。米铁嘴将马三拦下，把人拉到村部问情况。问完，马三说："铁嘴叔，这事你管得了?"米铁嘴抓了抓几根并不茂盛的头发,说:"没有锯不倒的树,没有……"

别说,这事儿米铁嘴还真给摆平了。第二天一大早,泥水匠马三就高高兴兴地回城垒墙去了。然而,就是因为这件事的调解,米铁嘴后来吃了官司,丢了行当。你猜米铁嘴是如何做的调解?当晚,由米铁嘴做主,泥水匠马三睡了教书匠谢文章的老婆。

木匠李大个

汴堤湾有个巧木匠,名叫张文福,人称张木匠。

张木匠人品好,手艺精,收徒也讲究。家里穷困、小孩仁义的,优先考虑。

村东头的王彪,还没落地就死了爹,被村里人称为"墓生",彪的娘寡妇熬儿,把王彪养大成人。小伙子个儿高一米有八,生得膀大腰圆,虎头虎脑,像刚上套的小牤牛。王彪十八岁的时候,他娘掂了两瓶光肚儿酒找到张木匠,想让儿子跟着张木匠学手艺。说起这些年的不易,彪的娘哭得琉璃喇叭的样子。张木匠一拍大腿,说:"弟妹,啥也不说了,明儿个让彪过来吧,我当亲儿子待。"

不久,张木匠又收一徒,是后街的李栋梁。李栋梁小名粪叉,家境更赖。粪叉不到一岁时,他爹他娘偷扒火车去洛阳拿大米换面,结果双双命丧火车轮下,是瞎了一只眼的爷爷一把屎一把尿把他恩养长大。粪叉个矮,一米六多一点,人显得干练而精瘦。那日,半瞎的爷爷掂着攒了一冬的鸡蛋来到张木匠家,也是哭得鼻子一把泪一把的。张木匠见不得人流泪，一拍胸脯，说："老叔，啥也别说了，明儿个让粪叉过来吧，我当亲儿子待。"

张木匠信守承诺，在传艺上对俩徒弟一碗水端平。拉锯，使斧，推刨，耍锛，用凿，这些基本功，张木匠手把手一对一地教。俩徒弟出身寒门，不怕吃苦，较着劲跟师父学手艺。张木匠接到活计，师徒三人一路前往，师父披衣抱膀叼烟在前，徒弟扛锛背锯掂斧随后，俨然村街一道风景。村人幽默，叫大个王彪王小个，喊小个粪叉李大个，张木匠听了嘿嘿一笑。

木匠的巧，体现在画线下料上。啥料用到啥地点儿，啥样家具啥尺寸，是很有讲究的。这需要木匠的眼力头儿，还需要木匠的细致劲儿，好木匠赖木匠的区别也在这里头。你看，师父张木匠放线画料的麻利劲儿，就足够徒弟们学一阵子了。一段圆木摆在师父面前，师父注目凝神，嘴唇若张若合，很快算好了该截多少薄板、多少厚板。然后，量尺分割，用铅笔画上记号，墨斗打线。锯好板材，师父又拿起拐尺左量右画，将板材分割成腿料撑料，之后再标出凿眼的位置。在徒弟眼里，师父量尺画线的样子，就像厂子里的高级工程师。

教俩徒弟放线画料，张木匠也是不偏不向，一替一天地教。老话说，师父领进门，修行在个人，这话不无道理。同样的教法，徒弟王彪王小个却领悟得快，放线画料手脚麻利，且用料精当，少有差错。粪叉李大个看着精明，实则心闷，轮到由他放线画料，不是误工就是废料，好几回惹得主家儿掉脸子，师父没面子。师父骂他："生就的篷子棵，成不了栋梁材。细分活干不了，以后就好好地给我拉大锯推刨子吧。"就这样，人高马大的王小个成了放线画料的好手，瘦不溜秋的李大个却只能干拉锯推刨的掏力活。村里人都说，有智吃智，没智吃力，看看张木匠的俩徒弟就全明白了。李大个却不这样看，他认为是王小个爱逞能，耍小聪明，抢了他的风头。李大个暗地里说："三十年河东，三十年河西，咱骑驴看唱本走着瞧。"

一晃就真的过去了有十多年。这时，有了木工手艺的王小个和李大个，都已娶妻生子，过得也都滋滋润润的。只是木匠班的分工格局还没变，这成了李大个心头的一个结。这年开春儿，村西头的春花婶要起三间大瓦房，木工活交给了张木匠的施工队。动手前，张木匠做了简短的动员，说春花家日子过得不易，东挪西借的才弄够了盖房的东西，一定要精心细致，不能出一点纰漏。大个小个心里明镜儿似的：春花婶和师父相好可不是一年两年的事儿了。

盖瓦房，关键在架梁，大梁、二梁、立柱、斜梁、檩条、方椽，再加门窗，哪一项都不敢马虎。那天，王小个正在两架并排的大梁上画线记号，他的黑脸老婆跟狼撵着似的跑了过来，说是老母猪要下崽，快点回去接生。王小个给旁边正拉锯的李大个打了个招呼，就匆匆忙忙地走了。回家后，王小个从老母猪肚子里一口气拽出十一个崽儿，洗了洗血手立马又回了工地。

两架大梁扎好，墙也垒够了高。盖房上梁是件喜庆事，一阵噼噼啪啪的鞭炮声，招来一村的人来看热闹。结果，热闹真的来了。西梁吊上来，要往墙垛上放，短了，一头悬空。再吊东梁，仍是一头悬空。人全看傻了，嘴张得像油葫芦。扑通，有人栽了下去，一看，是王小个。再看张木匠，一路哀号着离开了。

王小个醒来后，折了拐尺，砸了墨斗，自此不再做木匠，一心一意种田养猪。李大个接替师父做了村里木工队的头领，自然，也接替了王小个放线画料的行当。后来，李大个就成了村里有名的巧木匠。

又十几年后，王小个旧伤复发，不到六十岁就交了面本儿。李大个闻讯，一路哭号着赶到王小个家，对王小个的黑脸老婆说："我和彪哥师兄弟一场，我要亲手给彪哥打一口四独木棺，让彪哥走得风光排场。"

李大个挑灯夜战，第二日中午时分就打好了一口四独棺木，油漆绘图后，即可入殓。第三日，王小个家唢呐哀鸣，哭声震天，入殓仪式正式举行。猛然，小院静了下来，发生了一件意想不到的事情：棺木做短了，任怎么也装不下一米八多的王小个。

"报应！"只一声喊，李大个就口吐鲜血，不省人事。

王小个死后的第五天，两口棺木，一大一小被抬出汴堤湾。小点儿的棺木里殓着李大个，那棺木正好装得下他。村里人都说，李大个是自己给自己打下了一副棺材。

劁匠袁明法

汴堤湾一带流传这样一种说法：劁匠骗匠多绝后，因为他们伤害生灵太多。由此，乡下人大多不愿做这样的匠人，担心遭到报应。还有这样一句顺口溜：一流高台二流吹，三流劁匠四流推……把劁匠列入了下九流，如此，谁还愿做这样的行当呢。

不过也有人不信这个邪，三百六十行，哪行不得有人来干啊。汴堤湾的袁明发就选择了做劁匠，走村串户劁猪骟狗。

说来，袁明发做劁匠也是个不得已的选择。他家兄弟姐妹多，全是些张嘴儿货，袁明发打记事儿起就没吃过一顿饱饭，常常饿得前心贴后心。有回村里来了个劁猪匠，一口气阉了十几头小伢猪，丢了一地的猪睾丸。后来，猪跑了，人散了，劁猪匠收拾完家什也走了。袁明发看看四周无人，就脱下布衫子，将沾满浮土的猪睾丸一一捡起，包裹好掖走了。回到家，正好没人，明发把那些东西一股脑倒进木桶里，淘好洗净，放进锅里开煮。不多时，一股奇异的香味弥散开来，馋得明法直咽口水。沾着酱油和盐巴，袁明发一口气将那些东西吃了个精光，竟还有些意犹未尽。

从这天起，袁明发喜欢上了劁猪这个行当。

年轻人学劁猪上手快，何况袁明发学劁猪还有内在的动力。跟着劁猪师傅跑了有俩月，袁明发就开始单干了，每天背着一个帆布挎包，吆喝着"劁猪骟狗的来了"。

袁明发劁猪的工具很简单，一柄磨得飞快的镰刀头，一根被砸扁后磨出刀刃的钢条，再加上铁针粗线，这样就可以做猪们的绝育手术了。农家养猪，阉割是必须的。刚买来的伢猪要阉，不然的话，在成长的过程中它会想入非非，影响育肥上膘。不繁母猪也要劁，否则，它总会有几天哼哼唧唧地不爱吃食儿。再有，凡劁过阉后的猪，长得快，肉不臊。如此，劁匠袁明发就不愁没生意做了。

袁明发劁猪手头很利索。一头猪掂过来后，袁明发半跪着把猪头压在膝盖底下，打开帆布包，拿出简陋的几件家什，摸准部位，用镰刀头割开一个口子，插进两根手指头一阵抠索，把睾丸或卵巢拉出来，再用钢丝砸成的刀片剥开上面粘连的薄膜，然后用力一挤，那些东西就出来了。接下来粗针大线地把创口缝上几道，再抓把干土往伤口处一抹，拍拍手，就算大功告成。整个手术也就两三分钟。这样一天下来，不但能挣个三块两块的钱，还能落下一兜子的猪睾丸，比出工卖力可强多了。

靠劁猪挣来的钱，袁明发翻修了房子，娶到了老婆，小日子过得顺风顺水。他那个老婆长得人高马大，又人一份手一份的，很像一回事，只是进门快一年了，肚子还没有一点动静。这让袁明发添了心事：难道真应了那句老话，劁匠骗匠多绝户？

村里有个叫三灰的，与袁明发不对脸儿。原因是有一次他请明发帮忙劁猪，劁完，他就躺到树凉下睡晌觉去了，那猪则到院子里的粪坑里打泥儿。结果，猪伤口感染，很快就抻腿了。三灰掂上死猪去找明发，要他赔。明发说："我临走还再三嘱咐你，先把劁过的猪圈起来，不能沾水，你让它到粪坑里去打泥儿，不死才怪呢。再说，我没收你一分钱，赔你个球啊。"打这儿，俩人开始翻贴门神不对脸了。

三灰与明发都是腊月里结的婚，三灰老婆争气，进门儿还不到仨月，肚子就鼓得像发面盆，一走路，如细腿的鸭子，扭来扭去的。可气的是，这鸭子还老到袁明发家门前扭，扭得似乎有些用意。有一次，在饭场吃饭，三灰竟高声大嗓地对乡邻们说："劁猪骗狗，落个绝后，挣再多钱有球用啊。"明发正好路过，掏出劁猪的家什，非要阉了他不行，被众人拦下。这以后，俩人结下了仇。

一段时间，袁明发不再游走劁猪了，带着老婆去进城求医。村里人发现，村街的十字路口每天都有倒掉的新鲜药渣。这样又过去几个月后，袁明发的大个老婆竟也鼓起了肚子，也开始鸭子一样地在村街上扭来扭去。

不久，袁明发的大个老婆给他生下了第一个丫头。再一年后，又生了第二个丫头。怀上第三个后，三灰两口子对人说："不用猜，还是个丫头，他袁家绝不了后，但要绝户，这是老天对劁猪匠的惩罚。"

第三胎生下后，果然还是丫头，弄得袁明发很没面子。更为可气的是，三灰家也连着生了三胎，全是带把儿的小子，三灰两口子显摆得尾巴都翘到天上去了。明发两口子还得要，不生儿子不罢休。见明发的大个老婆又怀上了，三灰两口说起了风凉话："他们家犯了七仙女，生再多，还是丫头。"

不久，计划生育管得紧，再生下去是不可能了。计生小分队的人先是抄了明发的家，抵做罚款，又强制他去医院做绝育手术。袁明发不了解结扎术是咋做的，以为跟他劁猪一样，开刀拉口，挤出睾丸，这怎么受得了。

借口上厕所，袁明发逃跑了。

袁明发这一跑就是二十年，回来后成了村里的有钱人。当年他逃到了江浙一带，与人合伙办猪场，规模越办越大，就发了财。这两年养猪生意不好，钱也挣得差不多了，就回了汴堤湾。如今，袁明发的四个姑娘，两个已嫁了人，另有两个正读大学，家境一片光明。袁明发在县城买了房，一家人搬离了汴堤湾，自己让自己在村里绝了户。又在县城投资办了一个幼儿园，交给自己的闺女们去打理，每年还有一份不错的收入。

回村后，袁明发碰见过三灰，三灰一副可怜相。刚过五十岁的三灰得了脑血栓，走路"扢篮"，流嘴水。因为分家闹意见，三个儿子争着不管他，老两口每天饥一顿饱一顿的，日子过得凄惶。

腊月里，三灰亡故。袁明发专门回了趟汴堤湾，咋说也是喝一口井的水长大的，烧纸吊唁也是应有的礼数。点纸，叩拜，袁明发屁股一撅就哭开了："三灰，我受罪的兄弟唉……"

袁明发一哭，村里有人笑了，说他哭得有点假，咋看咋假。

染匠王二细

"染布，汴堤湾染布的来了。"王二细一手握车把，一手掂个铁皮喊筒，走村串巷收布染布。

那年头，乡下人买不到洋布，穿的盖的都要自纺自织。弹出的花是白的，纺出的线也是白的，如果不染线，织出的布自然也是白的。乡下人忌讳白色，因为死人时才穿白衣，也称孝衣，所以再节俭的人家也不吝花钱染布。也是这个原因，汴堤湾的染坊才没被"割尾巴"。

王二细的染布手艺是祖传的，据说他爷爷的爷爷就是开染坊的，提取配兑颜料有独门绝技。还说，民国年间，田家寨有户人家不服，也开了家染坊与王家争生意，结果开了不到一个月就关门歇业了。啥原因，染的布颜色不正道，不均匀，一块轻一块重的，还掉色，跟屁滋过一样。不怕不识货，就怕货比货。一比，王家染的布成色就出来了。人家配的料红有水红绛红胭脂红，黄有麦黄土黄菊花黄，绿有豆绿果绿青草绿，青有蛋青赤青天蓝青，黑有浅黑深黑老包黑，染出来的布色正料匀，久洗不褪。

王二细执掌染坊的时候，已不允许花红柳绿了，只染黑蓝两色，这倒简单了许多。

王二细不是他的大号，他的大名叫王定坤。叫他二细是因他做事太过认真细致，甚至有些爱较真儿。隔三岔五，王二细就对着铁皮喊筒在村街里吆喝："染布，汴堤湾染布的来了。"这时，村里的妇女们抱着刚织下的布匹围拢过来，叽叽喳喳的声音灌满一街筒子。王二细不说，也不笑，只动手忙自己的。量布、算钱，问颜色，做记号，记单子，定时间，一点都不马虎，细致得很，也从未出过任何差错。村妇们见他的认真样儿，取笑说："瞧，这二细劲儿，跟个娘们样儿。"王二细听了，不急不恼，也不搭茬儿，装作没听见。他知道，这些个女人都是人来疯儿，接话反击，沾不了光的。

王二细染布也细致，从不偷工减料。收来的白布依次码好，在染缸里搅拌调色，洗染，先月白，再二蓝，后深蓝，这样反复着色，反复晾晒，才会色正不褪，看着格外滋腻。

王家染坊开在村口的三间瓦屋里，院子里均匀栽种着两排白杨树，树与树之间以铁丝相牵，染好的布匹就搭在这里晾晒。晾干后，王二细和妻子一道收布、押布、捶布、叠布，才算完成整套的工序。

染布这活看着轻巧，实则烦琐，一天下来腰酸腿疼，挺累人的。两口子提着心劲儿干，全因他们有了一个心爱的儿子，有了生活的指望。王二细娶了老婆后，不知啥原因，一直怀不上。王二细带着老婆看罢西医看中医，中药熬了有几箩筐，老婆的肚子依然像歉收的麦子，扁扁的、瘪瘪的。终于，在吃了几服偏方中药后，老婆怀上了，很快，那肚子鼓得像秋后的冬瓜，高兴得王二细直打滚儿。

儿子是他们的单根独苗，也是他们生活的全部希望。这孩子也精能，讨人喜欢。看见爹妈坐下来歇息，就凑上去敲背捶腰，小拳头擂得鼓槌儿一样。来了小伙伴，就在晾晒的布匹间藏猫猫，不时对着爹妈做鬼脸，喜得两口子跟吞了蜜糖块儿似的。王二细染布的时候，儿子就忽闪着俩眼在那儿看，看了一会就看出了门道，问爹爹："白布进了缸里后，咋就变了色呢？"爹说："因为这缸是染缸，染缸里边有颜色，再白的布进了染缸，都会变色的。"儿子点点头，似懂非懂的样子。

后来，洋布就多了，织布的就少了，染布的就没了，汴堤湾的染坊也就关张了。而这时，二细两口子的儿子也长大成人了。这孩子争气，是村里第一个大学生，让失了业的染匠脸上有了光气。儿子大学毕业后，进机关，走仕途，一路顺风顺水，又成了村里第一个官至处级的干部。村里人眼气王二细，说："王染匠命好，可该挽着胡子喝蜜了。"

王染匠的儿子在冲击下一个目标时，遭人举报，犯了事儿，有人告他拿了不该拿的钱，办了不该办的事，交了不该交的友。王染匠开始不信：儿子打小仁义，一枣一桃都没拿过人家的，干净得像块白布，咋会干这样的事儿。及至打听到细节，王染匠依然不敢相信："我儿子不是这样的人。"村里人劝他说："人，都是会变的。"

这事儿对王二细的打击是致命的，躺倒在病床上的王染匠，一会儿清醒，一阵儿糊涂。恍惚中，他又回到了他家的染坊，可爱的儿子忽闪着俩大眼看他染布。儿子问爹爹："白布进了缸里后，咋就变了色呢？"爹说："因为这缸是染缸，染缸里边有颜色，再白的布进了染缸，都会变色的。"

这时，王二细又迷糊过去了。

再睁开眼，忽见儿子坐在床前。王二细拽拽胡子揉揉眼，说："是你吗儿子，你不是……"儿子托着王二细的手，告诉他：

"是场误会。有人是送我一笔钱，我退不回去，就上交到了纪委的廉政账户，人家给的有票，铁证如山。放心吧老爹，不会出事的。因为我是染匠的儿子，有些道理我懂。"

铁匠赵运乾

汴堤湾村前有一条官道，向东通到兰考，往西可达开封。铁匠铺就扎在这条官道的路北沿儿，铁匠师傅叫赵运乾。

赵家铁匠铺是三间破瓦屋，墙体里生外熟，原是生产队的旧仓房。屋子正中放一大火炉，炉边架一大号风箱，置有铁砧、木凳，这些是打铁最基本的设备。

赵师傅膝下无子，只养了两个丫头片子。俗话说，天下三大苦，打铁撑船磨豆腐。俩丫头抢不了锤，打不了铁，至多帮赵师傅拉拉风箱添添煤，没多大用处，愁得赵师傅老叹气。手艺不愿丢，铁匠铺还得开，咋办？只有收徒，这就有了徒弟田大力和王小聪。

老话说，徒弟徒弟，三年奴隶。学打铁先要学抢锤，这是基本功。每天，起早赶集的村人路过铁匠铺都要拐到这里站一站，看师徒仨人烧火打铁的热闹劲儿。这时，炉火正旺，火苗吐着长舌，一蹿一蹿的，将埋在炭火里的铁块烧得通红。赵师傅束一帆布围裙，斜坐在木凳上，左手持铁钳，右手握小锤，俩徒弟一人手拉风箱，一人掂锤站立。火候一到，赵师傅用铁钳把烧好的铁块夹到铁砧上。当，赵师傅的定音锤一响，徒弟抢圆的大锤应声而下。一时间，小锤叮叮当当，大锤铿铿锵锵，风火呼呼噜噜，汇成一支锻铁交响曲。最后，一声"嗞"响，将打成的铁具水中淬火，便大功告成。赵家铁匠铺打出的有犁、耙、锄、镐、镰，还有锨、锹、铲、刀、钩，一应俱全。

赵师傅人厚道，手艺精，打出的东西不卷刃，不断裂，结实耐用，很抢手。小满会上，赵家的铁具一上市，便被抢购一空，买不到手的，就随人赶到汴堤湾定制。

正是生意红火的当儿，赵师傅却突然病倒了，脑溢血，一连昏迷了好几天，而打铁的关键技术"淬火"，他还没来得及给俩徒弟交代。大力小聪守着师傅寸步不离，巴望着师傅能快点醒来，得到师傅的真传，掌握打铁的绝技。第四天头上，赵师傅醒了，俩徒弟赶紧凑过去。赵师傅半睁着眼，上气不接下气地说了句让人听不明白的话，就闭眼了。俩徒弟对师傅的临终遗言琢磨了半天，小聪说："师傅精明一世，临了说了句胡话。"大力说："我看师傅清醒着哪，说的不像是胡话。"

没了师傅，铁匠铺还要开下去。俩徒弟凭原有的经验打铁淬火，终是不得要领，打不出赵家铁匠铺的成色，名噪一时的汴堤湾赵家铁匠铺不久便关张了。

不做铁匠后，田大力办了个养猪场，每天与十几头猪打交道，挣个养家糊口的钱。王小聪当上了村干部，先是民兵连长，后是村会计，最后被选为村民委员会主任，春风得意的样子。王小聪人活泛，会来事儿，照上顾下，能得眉毛空心。当上村民委员会主任后，王小聪干了不少事。原来的村道坑坑洼洼，阴天一路泥，晴天一街土，做生意的小商小贩都不愿来。王小聪去上面跑钱，一趟一趟的，还给人家送了不少大米香油。路修好了，六米宽，水泥面，两边安了路灯栽了树，村子一下变了样儿。三年后又选村民委员会主任，王小聪得了高票，还当村民委员会主任。

王小聪顺风顺水当村民委员会主任的这些年里，田大力的养猪场也渐渐有了规模，大猪小猪有了二百多头。当然，这也得益于师兄王小聪的帮忙，养殖奖励，母猪补贴，田大力都沾了不少光。但田大力有底线，该沾的沾，不该沾的坚决不沾。有一回，王小聪让他虚报几头能繁母猪，多拿些补贴款，让大力给谢绝了，他说，这样挣钱不踏实。师兄骂他"老实头"。

师兄弟聚一起时，也常常会扯起跟师傅学打铁的事。王小聪就感叹："当初没能得到师傅的真传，又后悔，又伤心。如今想来，要真是学到了师傅打铁的绝技，我俩可能还会是掏黑力的打铁匠，我当不了村干部，你也当不了猪倌。"田大力说："我们跟师傅没学精打铁的手艺，学会了做人做事，还是值得的。"

汴堤湾背靠黄河大堤，村名也由此而来。这年黄河大堤要加宽加高，征了村里上百亩土地。征地补偿款已到，村干部们红了眼，动起了歪心思，每人揣兜里好几万。王小聪开始时也有些不安，可想想连"老实头"田大力都成了腰缠万贯的暴发户，自己整天操心受累还是个穷光蛋，也就心安理得了。

应了那句老话，莫伸手，伸手必被捉。不久，县纪委按窝案把王小聪他们给查办了，落了个丢人打家伙。田大力掂了烧鸡去看王小聪，问："还记得师傅临了说的那句话吗？"王小聪先是摇头，后又点头，师傅说："烧红的铁条手别摸。我一直认为是句胡话，如今看来，真的不是。"

说书匠坤爷

那天，是一个夏夜。

打麦场上挂着一盏十五瓦的电灯泡，透散着有气无力的光亮。这是坤爷的书场，他说唱的《罗成算卦》已经进入了高潮。"小罗成正在大厅里坐，忽听见长安城西门外，嘣叽嘣叽大炮响三番，嘣叽嘣叽三声大炮响，苏烈贼领人马反了长安……"村里人听得入神，坤爷也正唱得来劲，有人闯进了书场，慌慌地对坤爷说："快别唱了，你儿子出事了，人已经不中了。"坤爷扔下手里的坠胡，随着报信的人往外走，只迈出了两步，腿一软，就扑倒了下去。听书的人都围拢过去，对着他大声地喊，招魂儿一样。

大伙都说，怕是以后再也听不到坤爷说的书了，坤爷这回还能撑得住吗？再坚强的人也经不住一而再再而三的打击呀。

说来，坤爷也是汴堤湾的老门老户，就是穷，辈辈穷。要不，坤爷也不会去学说书，在过去，那可是下九流的活儿。

离汴堤湾不远的乔庄，是河南坠子的发祥地。当年，坠子皇后乔清秀和她的师傅乔利元以书为媒，结成连理，辗转河南、天津说书行艺，吸收借鉴各种曲艺之精华，独创了别具一格的坠子书说唱艺术，大受百姓欢迎，有民谚说，三年不盖屋，不能不听坠子书。

有人爱听，就得有人愿唱。八岁时，坤爷就拜师学艺，跟着师傅陈瞎子学唱坠子书，就为混顿饱饭吃。先是学唱"书帽儿"，后又学长段子，像《秦琼打擂》《杨家将》《王二姐做梦》，坤爷都能说全活喽。后来，帝王将相、才子佳人之类的不让说了，坤爷就自己改编一些能说的段子，像《双枪老太婆》《平原游击队》，大伙照样爱听。坤爷说书很会抓心，每每说到热闹处，他就停了板，任你再央求，他只顾收拾坠胡、简板，按时收场。弄得人心里一整天都是急急糙糙的，晚饭把碗一推就往坤爷的书场跑。结果，坤爷如法炮制，又在节骨眼儿上收了板。后来，村里人都感慨："那些清苦难熬的日子，如果没有坤爷的坠子书，咱们可该咋过哟。"

坤爷的媳妇，也是坤爷在说书时娶到的。她不嫌弃坤爷家穷，说，谁家也没扎下穷根。又说，日子嘛，穷有穷过，富有富过。她喜欢坤爷说书，把坤爷当成有文化的人。过门后，脏活重活抢着干，还总是把好吃的留给坤爷。媳妇还给坤爷生了一个儿子一个闺女，很让人称心。家有贤妻，让坤爷说起书来更提劲儿了。无风无雨的夜晚，坤爷的檀木简板，脆脆地响在乡村的暗夜里，那沙哑的声音和那些传奇勾人的故事，给汴堤湾的人家带去了超越现实的幸福和满足。

可是，坤爷的媳妇却早早地离世了。她被确诊患了绝症后，担心拖累坤爷，就偷偷喝了农药。谁都知道，这两口子好得多出一个头，没了媳妇，不知道以后的日子该咋过，更别提说书唱曲儿了。

汴堤湾的夜晚沉寂了有一年多。

这晚，各家都在自家的院子里乘凉，有一句没一句地说着话。忽然，就传来了清脆的简板声，大伙循着声音，走出院子，立时就听到了坤爷沙哑的唱腔："年年有个三月三，王母娘娘庆寿诞，众八仙赴罢了蟠桃会，王母娘娘便开言……"大伙儿奔走相告，坤爷开唱了，又唱他拿手的《罗成算卦》。

坤爷的书场上，悄悄地坐满了人。

有一段时间，坤爷又停止了说书。坤爷心爱的女儿，跟一个游乡卖衣服的外地人私奔了，无影无踪，没给坤爷留下一句话。坤爷很惭愧，说对不起死去的媳妇，没有照看好闺女。再说，坤爷爱面子，私奔在乡下终归是一件丢脸的事。那些日子，常看见坤爷披一件棉衣，蹲靠在地头的一棵孤树旁，默默地抽烟，默默地眺望。不远处，有一座土坟，坤爷同埋在那里的媳妇对话，诉说内心的煎熬。

当坤爷的坠胡和简板声再次神采飞扬地传来，大伙说："这老汉总算又闯过了这一关。"

这以后，坤爷不光在汴堤湾说书，还到集市上去说，还巡回到附近的村庄去说。坤爷现在唯一的念想，就是多挣一些钱，供儿子好好读书，将来有一个好的前程，自己百年后，也好给媳妇一个交代。

可是，现在儿子也去了，在回家的路上让车给撞了。这比要了坤爷自己的命都痛苦。一个人，究竟能够承受多重的苦难和不幸呢？

暗夜里，人们听到过坤爷"哦哦"的哭声，悲怆，压抑。

秋天来了。原野无边的青纱帐里响起了久违的坠胡声，哀哀婉婉，如泣如诉。那声音弥漫四野，震落了玉米、大豆和高粱棵子上的露珠，它们一滴滴洒落，滋润着厚重的平原老地。

这不久，汴堤湾的打麦场上，又响起了清脆的简板声。

汴 堤 湾

汴堤湾，黄河南岸一个普普通通的小村庄。

苍茫的天空下，村子蜷缩在黄河大堤深深的臂弯里，与村旁淙淙流淌的小河相映成趣。蜿蜒的乡路坦坦地伸展着，融化在浓浓的林荫里。听老辈人说，在明朝燕王扫北时，先祖们从山西老槐树下被官兵用绳索拴住，拿枪刀逼赶着，拖家带口，一路南下，强行搬迁到了这汴河湾里。历经一代又一代，繁衍生息，好不容易才把祖先的血脉流传到了今天。村子古老的房屋上，生满绿茸茸的青苔，与发黑的梁柱、砖雕的檐角一起，站立在历史的深处，用幽寂而孤独的神情，自顾自地讲述着小村长长短短的故事。

代 销 点

春上，汴堤湾石诚代销点发生了两件事：一是代销点改成了农家超市，二是代销点的当家人易主，由石诚老汉的儿子石心接替。这位新当家一上任，便在超市的门口挂出了"概不赊销"的招牌，令村里的老少爷们心里头很不舒服。

　　说起来，这石诚代销点开得可有些年头了。那年，一直当民办教师的石诚见转正无望，就辞职开了个代销点。据说，他有个远房表亲在县里的供销社上班，给他批了这个代购代销点，进货送货也给他提供不少方便。

　　代销点开在村街的中心位置，门前一条东西大路，贯通全村。正对大门有一条向南的路，与开兰公路相接，来来去去很方便。开门七件事，柴米油盐酱醋茶，小日子要过得滋润，离不开代销点。代销点靠后墙摆放一长方形的木制货架，里边放着毛巾肥皂、牙膏牙刷、铅笔毛笔、劣质香烟。水泥柜台上摆着盐缸醋缸酱油缸。一进去，有股浓浓的百货味。

　　石诚有文化，人活道，见了人，不笑不说话，代销点的生意做得很是红火。那年头，日子穷，手头紧，遇到庄稼歉收，或鸡子不肯下蛋的时候，一些户连买盐打醋的钱都拿不出来，只有赊账。有头发谁肯装秃呀？石诚建了个记账簿，对赊销的，记下赊的啥东西，拢共多少钱，还有啥时间赊的，打算啥时间还。石诚厚道，村里人也仁义。到了该结账的时候，村里人哪怕是挖东墙补西墙，也要提前几天把赊下的账给结清了，从不耽误代销点年终盘点决算。

　　当然，也有还不上的。村里的马寡妇，一人拉扯仨孩子，分的粮食不够吃，养的鸡子瘟病而死，没有一分钱的进项，穷得穿不上裤子。该还账时，马寡妇一进代销点就掉泪，哭得拉不起来。石诚就安慰她说："我又不是黄世仁，逼着你卖儿卖女。还不上，我先替你垫上，啥时候有啥时候还。"临了，石诚还油盐酱醋地给了她一大包。马寡妇也仁义，后来她的仨孩子混得一个比一个强，每年都给石诚老汉拜年送东西。借人一壶水，还人一桶油，这样做人踏实。汴堤湾的人信这个理儿。

清苦的日子里，石诚代销点惠及村人的不仅是有滋有味的生活，还有着很多难以言表的东西。

去年秋上，石诚老汉大病了一场，是脑卒中，出院后，走路说话都不利索。在外打工的儿子石心接管了父亲的代销点。盘点货物账册，让石心不得其解：这年头家家都不缺钱，赊账购物的咋还这么多？而且还有很多的陈年老账。怪不得父亲辛辛苦苦忙一年，到了落个原是原，东西都给赊出去了。

翻看账本，石心越发生气了。牛套叔赊账，情有可原，去年他家三口人害病，害空了家底儿。可这青驴叔赊账就有点欺负人了。他儿子在城里做包工头，一年上百万地挣。听说前些日子他聚众赌博被罚了五千多，嫖娼被抓又被罚了五千多。有钱吃喝嫖赌，没钱偿还赊账，这不是粪坑里头长黄瓜——腌脏菜吗？还有马鞍婶儿，一家大小都挣钱，房子盖得像宫殿，听说马鞍婶还把钱借给人使高息，一年的利息就有五六万，欠着代销点的账却硬是不还。

盘点完，石心去找青驴叔要账，说要扩建代销点，改为农家超市，要投一大笔钱，看能不能把欠代销点的账给清了。青驴叔翻了翻左眼，抠了抠脚指头，又甩了一把鼻子，然后说："是你赊给我的东西？我欠的是你的账吗？我赊账的时候，你还在你爹的腿肚儿里转筋呢。我不欠你的账。"这话把石心噎得差点儿背过气去。

石心去找马鞍婶儿。马鞍婶一脸的喜气，她刚刚摸牌赢了钱，正偷着乐呢。听石心说要账，马鞍婶说："婶儿这几天手头紧，兜里的几百块钱打牌输光了。放心吧我的乖侄儿，婶不赖账，人不死，账不烂，活着争你，死了坑你。"

石心农家超市如期开业，锣鼓敲，鞭炮响，招来老老少少的看热闹。村民委员会主任拉下红绸布，"石心农家超市"六个大字格外醒目，而下面的四个字却格外刺眼：概不赊账。

超市的规模确实很大，摆放的商品让人眼花缭乱，好多东西汴堤湾的人都没见到过。货架全是铝合金的，排有十几排。超市四周安有高清探头，坐在门口的结算处，就能监视到超市的角角落落。刚开始，村里人不知道那是啥玩意儿，等知是为了防贼，心里头就起了疙瘩：这个石心，不肯赊账也就算了，还把村里人当贼防，这样的超市还是不去为好。

超市开业几个月，生意一直不景气。

过年的时候，在外打工的、上学的，一股脑都回了村里，见村里也开了超市，高兴得不行，他们揣着钱在超市里进进出出，选购着自己喜欢的东西，把个超市一下子给带活了。男男女女、老老少少都去逛超市，村里人的日子似乎更加有滋有味。

不过，也有人还在想念过去的代销点，说如今超市卖的东西比以前的品种是多了，但总感觉还缺少点什么。

送　年　饺

天还灰蒙蒙的时候，汴堤湾及周边的村庄便响起了此起彼伏的鞭炮声，在晨雾的抑制下，那声音闷闷的，像刚烧沸的一锅水，咯嗒咯嗒的。

翠云嫂端出昨晚包好的满满一锅盖饺子，走到已烧开了水的地锅前，将排着雁阵的饺子一股脑推进锅里，再把火烧旺。很快，原来沉入锅底的饺子，争先恐后地浮了上来，挤挤扛扛的，如一群调皮的娃娃。翠云嫂从灶火前站起身，往锅里加了半瓢凉水，那些"娃娃"们立时平静了许多。不大会，又开始活跃起来。翠云嫂加了三次水后，饺子的香味便弥漫开来。翠云嫂拿过笊篱，将煮熟的饺子打捞出来，放进已洗净的瓷碗里，数了数，正好九大碗。翠云嫂喊来丈夫和女儿，对他们说："你，给咱二爷、三奶奶和五叔家送饺子，闺女给她大伯、二伯家送饺子，我去给三婶儿送饺子。"丈夫看了看媳妇，然后一手端一碗饺子，和闺女一起出了门。

村街上还有残雪，踩上去嘎吱嘎吱响。端着饺子的村人你来我往，乱碰头，嘴里喊着"过年好"。

在汴堤湾一带，流传着过年送饺子的习俗。大年初一的第一顿饺子，先是敬天敬地敬祖先，然后，要挨门按户送饺子，晚辈给长辈送，平辈的给年长的送，叫作"过年分大小"，也是一种拜年的方式。乡里人都知道，初一的这碗饺子非同寻常，虽说是尊老敬长，但内含着许多的讲究。如果做长辈的拿不住事、树不起威，或办了对不起人的事，那么，初一的这碗饺子你是断然享受不到的。

三婶儿活着的时候，就有十年没有吃到翠云嫂的"过年饺"。眼下，翠云嫂的饺子是往三婶儿的坟头上送的。

在汴堤湾，三婶儿的热心和手巧是出了名的。扎花绣线，剪裁缝纫，样样拿手。一些在乡村几近失传的手艺，也难不住她，比如小孩穿的虎头鞋、棉肚兜，三婶都能做得来。这样，村里新娶过来的媳妇，很快就和三婶混熟了，她们要三婶儿教她们做这做那。三婶儿热心，百问不厌，手把手地教，还亲手做出样品送给她们。大年初一，三婶儿家收到的饺子总是吃也吃不完。

翠云嫂也是这样和三婶好起来的。翠云嫂嫁来汴堤湾的时候，已经没了婆婆。后来，她和三婶儿处得跟亲婆媳一样。翠云嫂生孩子用的小被子、小衣服和尿垫子，都是三婶一针一线帮忙做的，孩子吃第一口奶也是在三婶儿的指导下开始的。翠云嫂先卜了一个男孩儿，三年后又添了个闺女，俩孩子都没少了三婶的张罗和照应，翠云嫂心里明镜儿似的，知道谁亲谁近。所以，每年初一的第一碗饺子，她都是恭恭敬敬地给三婶儿送去，有时还给三婶儿带过去一件衣服一双鞋什么的。

后来，翠云嫂不再给三婶送饺子，是因为一件事，一件险些要了翠云嫂命的事儿。

那是十年前的一个夏天。翠云嫂的丈夫去打工了，她一个人在家带孩子种庄稼。有天，翠云嫂借了人家的喷雾器去田里打药，两个孩子却没人照看。正好路过的三婶儿说："你要是放心的话，就把孩子交给我，我替你招呼着，反正我也没啥事儿做。"三婶儿生了一个丫头，早已远嫁他乡，如今自个儿一人过日子。翠云嫂说："孩子交给您，我还有不放心的吗？只是又给您添麻烦了。"

翠云嫂看着三婶儿牵一个抱一个，把孩子给领走了，才麻利儿地背上喷雾器下地走了。

三婶儿回到家，把小的围坐在床上，然后拉起翠云嫂家的儿子，问长问短，待见得不行。三婶儿一辈子没有生出男孩儿，见了别人家的男孩子就格外喜欢。三婶儿问小家伙："饿吗？乖。"小家伙点点头。三婶儿说："你在院子里玩儿，我给你烘鸡蛋去。"三婶儿去鸡窝里拿了三个鸡蛋，开始点火蒸蛋。

等三婶儿端着香喷喷的鸡蛋羹走出厨房的时候，小家伙却不见了，三婶儿屋里院里找了个遍，还是没有寻到人影儿。推开院门，三婶儿给吓傻了：孩子漂在她家门前的池塘里。那孩子去捉一只蜻蜓，滑了进去。

翠云嫂背着药桶回到村里，见刚刚还活蹦乱跳的儿子，硬挺挺地躺在池塘边，小脸白得像一张纸，一下就昏死过去了。

翠云嫂不听三婶的任何解释，说三婶儿没安好心，就是想让自己跟她一样当绝户头。因为翠云嫂生过二胎后，已做了绝育手术。

听翠云嫂这样说，三婶儿就不再说话了，只有悔，悔得自己扇脸。当夜，三婶儿喝了农药，幸好被村人发现，留住了一条命。

从医院出来，三婶儿去了西边的汴京城。她托人卖掉了自家的宅院，从此再没进过汴堤湾。

一晃，十年就过去了。这期间，村里人在汴京城碰见过三婶儿，说她有时在龙亭公园前卖虎头鞋，有时骑着三轮收废品，住在城墙的一个水门洞里。

去年深秋的时候，翠云嫂收到一张汇款单，一看数额，整整十二万。留言很简单："这些钱留给你们养老用，我能做的只有这些。"

翠云嫂立时就明白了这钱的来历。她在心里说，其实我早已原谅了你，当初就不该怪你。我怎么会要你的钱呢？翠云嫂要去城里找三婶儿，当面把话说清楚，赔个不是，劝她回村养老，别在城里漂着了。

翠云嫂找到了三婶儿，可这时三婶儿已住进了一个小木匣子里。抱着那匣子，翠云嫂又哭得昏死过去。

翠云嫂给三婶儿办了一个隆重的葬礼，比村民委员会主任他爹死时还排场。翠云嫂把三婶和去世多年的三叔合葬在一起，让丈夫给她披麻戴孝摔老盆儿。

跪在三婶儿的坟前，翠云嫂一遍一遍地说："三婶儿三叔，我们就是你们的亲儿子亲儿媳，每年的初一我都来给您送饺子。"

铺　床

在汴堤湾，娶个媳妇可不是件容易的事。先是要求媒人去跑腿张罗，说亲。有了眉目后，还要相门户，要走完小见面、大见面、送彩礼、定亲、串亲、看好儿等一应程序，最后再说迎亲的事儿。而且，每个程序里面的道道还很多，马虎不得，糊弄不得。

这不，明天牛套婶儿的儿子憨瓜就该娶亲了。

前些日子，牛套婶儿掂着喜糖去请村里的翠云嫂和麻花婶儿，央她们要给娶新媳妇的儿子做被子。因为，翠云嫂和麻花婶儿不光是手巧，被子做得好，还具备十分关键的一条：她们都是儿女双全的"全活人"。

在汴堤湾，不管你手有多巧，如果你无儿无女，或者只生有儿子，仅养有闺女，或者你是改嫁过来的，或者你丈夫离世，给新婚的人套被子、铺床这些事儿，你是断然没有资格参与的。这是祖上传下的规矩，不知传了多少年多少辈了。

三条铺的、六条盖的，一摞九条被子，全是大红绸缎的面儿，里表"三新"。堆在那里，显得非常温暖喜庆。

憨瓜娶亲的前一晚上，翠云嫂和麻花婶儿撂下饭碗，就结伴儿来到了牛套婶儿的家。她们把在洞房里说笑打闹的大人小孩都哄撵出去，庄严地开始了铺床仪式。

翠云嫂先在婚床上展开了一条被子，嘴里念叨着："铺上一条大红被，"麻花婶儿接腔："祖祖辈辈都富贵。"

翠云嫂把一根烧黑了头的木棍放到床的里侧，嘴里念叨着："铺床铺火棍，"麻花婶接腔："仨儿俩举人。"

翠云嫂又把一块红砖塞到床的脚头，嘴里念叨着："铺床放块砖，"麻花婶儿接腔："儿女都做官。"

翠云嫂和麻花婶儿一唱一和，说的全是些吉祥吉利的话，喜得牛套婶儿嘎嘎直笑。

最后是装枕头。翠云嫂在枕套里撒了麦麸（福），麻花婶儿塞进了几颗枣（早生贵子）。这时，翠云嫂问牛套婶儿："婶儿，你家有花生吗？"牛套婶儿说："有啊，用得上吗？"翠云嫂说："拿几粒过来。"牛套婶儿和麻花婶儿就走出屋一起去找。花生拿来，翠云嫂把它们也放进枕套里，说："这是盼他们花着生，生了男孩生女孩，有了女孩再生男孩。"

牛套婶儿听了，嘎嘎又笑，说："就是，花着生。"

第二天，憨瓜热热闹闹地娶了媳妇。

只是，这媳妇肚子懒，过门儿快一年了，还不见动静。愁得牛套婶儿唉唉直叹。

咋回事呢？该烧的香也烧了，该敬的神也敬了，铺床的吉利话也都说了，咋就怀不上孩子呢？着急抱孙子的牛套婶儿老犯嘀咕。

有天，牛套婶儿给儿子媳妇收拾床，从枕头里抖搂出好几块石榴皮，枕头里面怎能装这种东西呢？老话说，腰里装着石榴皮——无子。这不是巴望我们家无子无孙吗？想不到船在这里歪着呢。

这缺德事会是谁干的呢？牛套婶儿想到了翠云嫂：那天，她支派我和麻花去找花生，自己却偷偷地往枕头里装了石榴皮，诅咒我们家，到了还真是灵验了。最毒莫过妇人心，这小娘们真是厉害到家了。前两年，因为争地边儿，和她是磨过两次嘴，可再记仇也不能这样干哪。

你不仁，我也不义。牛套婶儿发誓要报复翠云嫂。牛套婶儿用破布和棉团做了个娃娃，上面写上"狗蛋"两个字，这是翠云嫂儿子的小名，又在娃娃上扎了好多钢针。趁人不备，她把娃娃埋在了翠云嫂家的院子里。

哪知，牛套婶儿的诅咒很快便应验了。翠云嫂去田里打药，把狗蛋交给邻居三婶照看，回来，儿子已淹死到了池塘里。由此，翠云嫂和三婶翻了脸，一个喝了农药求死，一个病得差点死掉。

只是村里人不知道，那些日子，村里还躺倒了一个人，就是牛套婶儿。她埋那个扎了钢针的娃娃，只想着一时解气，没想到竟酿下如此祸端。她喜欢狗蛋，孩子见了面老是仰着小脸喊奶奶，声音甜得像脆枣儿。是自己老糊涂，把狗蛋给害了，作了天大的孽。牛套婶儿吃不下饭，睡不着觉，就一下子病倒了。

听说牛套婶儿病了，麻花婶儿赶来看她。问清缘由，麻花婶儿叹了一口气，说："老嫂子，都怨我没给你说清。你误会了，石榴皮是我弄的……"

"你？"牛套婶儿瞪大眼睛，有些不信。

麻花婶儿说： "不是图个六六大顺吗？我就顺手装了石榴皮。"

牛套婶儿说："不该咒那个娃娃呀……后悔死我了。"

麻花婶儿又说："这事儿你不用愧疚。孩子不是你咒死的。你去埋那东西的时候，我在俺家的晒台上看见了，不知道你是猴啥呢。你走后，我过去扒开一看，是那东西，就拿走给烧掉了。没你的事儿，是那孩子命短。"

牛套婶儿听完，心里的疙疙瘩瘩慢慢地解开了。

过年，儿子憨瓜邀朋友到家喝酒。牛套婶儿去上菜的时候，听到憨瓜的一个朋友说："憨瓜结婚的日子最好记了，农历的八月十六，八月节。结婚前一夜，我和三孬压婚床的时候，每人吃了一个大石榴。吃完，石榴皮儿全塞进了枕头里……"

牛套婶儿愣住了。随即，又一个朋友问："憨瓜，你都结婚这么长时间了，嫂子的肚子咋还是扁塌塌的？是地不壮，还是种子不行？"

憨瓜说："屁话，我们避着孕呢，想过两年再要……"

哐当，牛套婶儿手里的菜盘子掉在了地上。

过 大 年

过了腊八节，沉寂了多日的村子一下热闹起来。

孩子们先先后后地放了假，叽叽喳喳地在街巷里疯跑。外出打工的大人们也前脚跟后脚地陆续回来，他们肩扛手提，有说有笑，给村子带来了少有的人气。

运良回来时，已是农历的腊月二十六。还未进村，浓浓的年味就飘了过来。那是村里人炸鱼炸肉炸丸子的油香味儿，还混合着小孩儿们燃放鞭炮的硝烟味儿。运良吸吸鼻子，这久违的家乡味儿，让他感到分外受用。

刚入村儿，随风裹来凄凄哀哀的唢呐声，是谁家在发丧办事儿。运良问路边的村邻，邻人告诉他："是三灰没了。在工地上拆房子给闷进去了。唉，撇下老的老小的小，一大家子人……"运良的心一下子沉重起来，他和三灰是一茬子长大的，又是磕过头喝过鸡血酒的结拜兄弟，如今都是刚四十出头的人。

运良决计先把行李放家，然后去送送三灰。

还没走进家门儿，就传来父亲"啊喀啊喀"的咳嗽声，听来让人揪心。说来父亲也才刚刚七十出头儿，可身子骨瓤得很，干干瘦瘦的。而母亲偏瘫卧床也快有两年了。因为这样一些原因，妻子小莲已有三年多没有出去打工了，再说两个孩子上学也需要有人照应。

看见运良，小莲急忙搭手帮他卸下束在身上的行李，脸上却显得平静如水，没有那种久别重逢的惊喜。接东西时，运良扫见小莲的发间已掺进去丝丝缕缕的白发，额间的皱纹也深陷了许多，内心里就有了说不清道不明的些许愧意。

运良将捎回来的东西摆了满满一地，有给老人的，也有给孩子的，当然还有给妻子小莲的。看着大人小孩儿围着这些东西挑三拣四的热闹劲儿，运良心里溢出少有的喜悦。

吃过午饭，运良说要先睡一小会儿，在火车上站了一宿多，有点儿累。躺到床上，运良掏出手机发了一条信息："我已平安到家，勿念。"之后，就呼呼睡去。

醒来，已是下午四点多了。运良抹了把脸，去了三灰家。三灰的灵棚搭在他家空荡荡的院子里，身着孝衣的人在院子里出出进进。见到走进来的运良，三灰的孩子和侄子们呼啦啦跪倒一片，哭叫声一时间铺天盖地。看着灵位上三灰笑脸盈盈的画像，运良的情绪顿如决堤的河流，再也无法控制，他一下扑倒在灵棚前，痛哭号啕："三灰，我的亲兄弟，哎哎……"事后，运良总在想，那时他到底是在哭三灰，还是在哭自己。

村庄的夜晚，仍被黑暗主宰着，透出窗户的光亮微弱而无力。不能走动的母亲话却越来越多，在父亲不停的咳嗽声中，她絮絮叨叨地向运良报告了这一年里家中的大事小情。

安顿好老人孩子，运良和小莲这才回到自己的房间。小莲一下扑过去，将自己吊在丈夫的脖子上，压低声音"嘤嘤"地哭起来，稀里哗啦的样子。运良用双臂箍紧小莲粗粗的腰，拿嘴唇去堵小莲汹涌而下的泪水……这晚，他们没说一句话，就完成了间隔了一年的亲热。面对一年多的情感淤积，也许沉默才是对彼此的最好安抚。

放鞭炮，吃饺子，串亲拜年，在貌似热闹喜庆的氛围中，如约而至的春节又姗姗离去。正月初六的晚上，堂弟麦子在家设摊儿，召集几位本家兄弟聚餐喝酒，因为很快大家又要远走高飞各奔东西了。酒至半酣，堂弟麦子把运良喊至东厢房里，一脸凝重地说："良哥，村里人都传小莲嫂子和小诊所的黑孩儿有一腿，你可听说了吗？"运良拧拧眉头，又瞪瞪眼，然后，一拳打过去："再翻嘴扯舌胡乱呲，我就废了你。我的老婆是啥人我清楚，不信。"回堂屋，继续喝酒。

其实，这事儿前些日子运良从爹娘那里听到了只言片语，但运良没搭茬儿，内心里反倒有了一种轻松感。他不想追究这事儿的真与假，宁愿把它当作对自己的报应。再说，小莲打里打外拼死拼活地照顾着这个家，已经够不易的了，做下什么事儿都能够让人原谅。

三六九，往外走。正月初九，运良踩着快要返青的麦苗离开了村子。车子开动前，运良拿出手机，发出一条信息："英子，我初十下午到……"

旱 天 雷

汴堤湾建档立卡的贫困户确定下来后，扶贫队长老游说："扶贫先扶志，我看眼下村里人缺少精气神儿，死气沉沉，疲疲沓沓的，这种状态咋脱贫攻坚哪，咋往小康路上奔哪。"

老游的话，迅速勾起了村民委员会主任马家林对于过往生活的回忆。老马说："我小时候，村里那叫一个热闹，一大早，鸡啼鸟鸣，人欢马叫，赶集的、上店的、锢漏锅的、剝蛋的，进进出出，来来往往，人气旺得很。吃饭都要聚一堆，叫饭场，大槐树下，黑压压一片，小孩哭，大人叫，猪拉屎，狗尿尿，一个街筒乱吵吵的，烟火气可浓。"

老游说："是啊，咱得想办法把这热闹劲儿给哄起来。"

老马说："听话音儿，你已经有了主意。"

老游说："原来咱村不是有个盘鼓队嘛，把鼓再敲起来。"

老马说："这鼓好置买，场地也不是问题，关键是人不好组织，青壮劳力都外出了，剩下的是老的老，小的小，再有就是离不开家的妇女。"

老游说："那就组织妇女盘鼓队。"

老马说："妇女也好组织，就是不好找打令旗的。"

老游入村前专门研究过盘鼓，知道令旗是怎么回事儿。盘鼓队所用乐器以鼓为主，配以大镲、马锣等铜器。鼓队规模可大可小，按"鼓二镲一"的比例组合。鼓队用的木框扁鼓均为同一种形制，状如棋子。表演时，将鼓的背带斜挎在左肩，鼓置于腰前，鼓面向上，用双鼓槌击奏。可击鼓面、击鼓面边缘、击鼓框、双槌互击，不断变换花样。鼓队无论规模大小，队前手持令旗的总指挥必不可少，那是鼓队的灵魂，指挥兼教练。表演时，令旗手通过舞动手中的令旗指挥鼓队的起止、强弱和节奏的快慢。鼓镲齐鸣时，远听似惊雷滚滚，近听如万炮轰鸣，有排山倒海之势，惊天动地之威。

老游问："原来的令旗手呢。"

老马说："原来的令旗手是马大柱，高高大大、威威猛猛的一个人。如今是麻绳掂豆腐——提不起来。"

老游又问："咋回事儿啊？好像建档立卡的户里头有这个名字啊。"

老马说："前些年县里搞富民工程，也下派到村里一个工作队。工作队的人见天拉着大柱去镇上喝酒，鼓动他在自家的承包地里种优质辣椒，还许愿说，他只管种，工作队负责销。大柱就听了工作队的话，借钱，贷款，买苗，把十几亩承包地都种成了辣椒。哪知道那时候上面的工作都是一阵风，辣椒开花的时候，工作队就撤了。后来，辣椒一嘟噜一串长成了，收没人收，卖没人要，喂猪猪不吃，给羊羊不闻，全烂到了地里头。开春儿，大柱的老婆得了大病，贷款贷不到，借钱借不来，眼看着老婆瘦成了一把骨头。老婆走后，大柱人一下垮了，几块钱一瓶的酒，每天喝得烂醉。还犟得很，专门跟乡里村里的干部作对，叫他朝东他朝西，叫他打狗他撵鸡。"

老游听罢，深叹了一口气，不再议组建盘鼓队的事。

产业扶贫，老游上的是菊花产业基地项目，种观赏菊，也种药菊、食用菊，一期规模八百亩，大柱家的地正好也在规划区内。别的人家都按时签了协议，在技术员的指导下开始耕地打畦，大柱却不干，偏要种玉米大豆。

老游说："大柱啊，说种菊都种菊，收入高，好管理，不能带头坏规矩。"

大柱说："张干部来了叫养牛，李干部来了叫栽树，上一拨来了叫种辣椒，这一拨又叫养菊花，拿俺老百姓当猴耍，咋？你一敲锣，我就得爬杆呀。"

老游说："你种玉米大豆，一亩能收多少钱？"

大柱说："除干打净，孙末价钱，也能收入五百多。"

老游说："这样吧，不让你种，不让你管，年底我一亩地给你一千块。谁说了不算，就四肢着地，爬着走。"

大柱听了，很挠了一阵头，说："中，不算的，蹲着尿尿。"

老游说："好，不算的蹲着尿。"

秋风凉，树叶黄，菊花却一下长了精神，红的黄的白的，一簇簇一片片地开。汴梁城一年一度的菊会又要开始了，来汴堤湾拉菊花的车辆乱碰头。不几天，药用的和食用的菊花也成熟了，一朵朵剪下来，装好，送到刚刚建好的加工车间。

不种地后，老游安排大柱做了村街的卫生保洁员，每月能有六百元的生活补助，够他吃饭喝赖酒了。

下雪了，把村街铺上了一层白。没了活干，大柱就闷在家里，一粒花生一口酒。正喝着，老游来了，摆到他眼前一沓钱，说："数数吧，拢共是一万八。"

大柱说："六亩地，六千块就够了，咋给这么多?"

老游说："核算过了，除去成本，今年产业基地每亩分红三千元。这都是你的。"

大柱沾着口水，数了两遍才点准。末了，倒了一碗酒，说："你这个干部跟以前的不一样，敬你。"

过完春节，老游又回到了汴堤湾。一下车，猛然传来一阵节奏整齐的鼓镲声。老马告诉老游："大柱自己花钱置买了十几盘大鼓，把盘鼓队拉起来了。你仔细听听，这一段鼓敲的是什么名堂?"

老游侧耳细听了一阵，说："听出来了，是《旱天雷》。"

米 家 诉 讼

收完麦子种上秋，米粮仓就催促老婆花一朵赶快订票启程，抱上孙子米粒去南方找他爹妈。米粒都快三岁了，该上幼儿园了，这当爹妈的大撒把，把孩子甩给老米两口子，快两年了，连个电话都没一个。

米粮仓十七岁上娶了老婆花一朵，十八岁时得了儿子米囤。儿子米囤也不示弱，上初中就开始谈恋爱，十七岁时就把人家的肚子搞大了。后来俩人一块辍了学，开始了小夫妻的营生。说起这事儿，汴堤湾的人都说是"上梁不正下梁歪"，有啥大人就有啥小孩，祖辈儿传，根儿里坏。

让村里人议论的还远不止这些。儿子提前搞大了人家的肚子，打乱了米粮仓的人生规划，他还没准备好儿子的婚房呢。小丫头已经开始显怀了，走路都有些吃力，急得米粮仓直打转儿。借钱，买砖，购木料，一刻都不敢怠慢。这边婚房刚盖好，那边孙子米粒就着急忙慌地从娘肚子里爬了出来，弄得米粮仓措手不及，没了一点脾气。无奈，儿子的婚礼与孙子的满月酒一块办，实实在在地双喜临门。那天，儿子儿媳正热热闹闹地磕头拜天地，小孙子兴许是饿了，哭得震天响。儿媳只得暂停仪式，掀开衣襟奶一阵孩子。等米粒吃饱喝得，婚礼继续进行。

亲戚们说，这米粮仓真会打小算盘，收两份礼，待一次客。村里人则说，长这么大，还第一回看见抱着孩子结婚的，开了眼。

米粮仓耳朵里像是塞了驴毛，权当啥都听不见，脸上挂着僵硬的笑。

孙子米粒快一岁的时候，儿媳给他断了奶。小两口圈在家里厌烦了，要一块到南方去打工，把米粒撂给了花一朵照看。

开始的几个月，小两口还不断有电话打过来，问孩子吃得咋样，长高长胖没有。慢慢地，就无了音信，好像他们从来没有生过这样一个孩子。米粒该上幼儿园了，在哪儿上，怎么上，不得跟他的爹妈商量商量吗？

牵着孙子米粒，花一朵搭车去了南方。几经辗转，找到了儿子米囤打工的厂子。

米囤见了米粒，跟见了别人家的孩子一样，没有一点亲热劲儿。儿子告诉母亲花一朵，他和媳妇叶子分手快两年了："她嫌我挣钱少，我嫌她心太大，过不到一块。如今，我又找了个女孩儿，正恋爱呢，可不敢让她知道我结过婚，还生有孩子。叶子呢，已经又结婚快一年了，扛着大肚子，怕是更不会认米粒这孩子了。"

花一朵听了，抱着孙子米粒哭开了，伤心欲绝的样子。"有你们这么当爹当妈的吗？只管生不管养不说，如今也不愿认了，伤天害理呀，作孽呀，不得好报啊，呜呜。"待花一朵抬起泪眼再看儿子时，儿子米囤已径自离开了，不远处，一个花枝招展的女孩正朝他招手呢。

花一朵牵着孙子米粒回来了，一副垂头丧气的样子。听完老婆花一朵的情况汇报，米粮仓把正吃饭的碗一下子摔了个稀巴烂，吓得正捡拾鸡骨头的小狗一路嗷嗷着跑出了院子。"丢人败家，狼心狗肺，我米粮仓没有这样畜生不如的儿子，从今往后，他米囤敢踩踩我的门边，我把他狗腿打折。"

接下来，米粮仓把家里的十几亩地流转给了别人，在镇上租了房子，开了家小超市，让孙子米粒上了镇上最好的幼儿园。

一天，安顿孙子睡下后，花一朵看一眼丈夫，又瞅一眼孙子，欲言又止的样子。最后，花一朵告诉丈夫："这件事我在心里掂量了好多天，没敢说出来。我想让米粒改口，喊我们爸爸妈妈，要是米粒一辈子没有爹妈，对他的伤害太大了，会影响他的成长。"米粮仓说："咱们想一块了。我之所以带你们离开村子，就是怕这样做村里人知道了说闲话。如今咱不怕了，就把米粒当作咱的小儿子待吧。只要对孩子好就行。"

改口的事儿，米粒非常乐意，在幼儿园，他见别的小朋友喊爸爸妈妈，好羡慕。如今，他也有爸爸妈妈了。"爸爸！"一声叫，他扑到了米粮仓的怀里。"妈妈！"一声喊，他又飞进了花一朵的怀里。

"哎!"米粮仓和花一朵高声答应着,泪水已挂上了他们的两腮。

过几天,米粮仓和花一朵来到镇上的法庭,说要起诉自己的儿子媳妇,告他们不履行抚养义务。米粮仓对法官说:"如今在乡下这样的事情太多了,得刹刹这股风。那么,就从我们米家开始吧。"

孤 儿 苗 郎

村里人都说,苗郎这孩子命硬。

三个月前,他克死了爹,怀着他的娘见天儿哭得要死要活的。三个月后,他娘强打精神把他生下来的那一刻,她就闭了眼,像是一命换一命。

村里的接生婆麻子婶用热灰搓干他的身子,拿一条小被子将他裹起来,然后又解开上衣大襟,把他揣到怀里,一路小跑去找村支部书记报告情况。

村支部书记老瓦正捏着馇焦花生喝酒呢。听完麻子婶的汇报,村民委员会主任说:"这孩子真是命硬,克爹又克妈。再伐倒一棵老杨树,做口棺木,先把人殡了。"

村支部书记老瓦说完,麻子婶还站着纹丝不动。他又投进嘴里一粒馇焦花生,嚼得嘎嘎响,问麻子婶:"还有事啊?"

麻子婶用下巴指了指怀里的孩子:"小孩咋办,张嘴货,还等着喂食呢。"

村支部书记老瓦笑了,满嘴喷着酒气。说:"麻嫂这事儿我可办不了,我可没奶喂他吃。"

麻子婶说:"都啥时候了,还说笑话,谁让你拿奶喂他了。来的路上我盘算过了,眼下村里正奶孩子的年轻媳妇有十几个,轮流吧,一个媳妇管一天,不能眼睁睁看着孩子饿坏。再说了,咱汴堤湾的人也不是那样的人。"

村支部书记老瓦咕咚一口酒,说:"这法子好,快去敲钟,我来安排。"

钟声一响,大槐树下立时聚满了人。村支部书记老瓦先让麻子婶给大伙说说孩子的情况,麻子婶抽抽搭搭地说不成,惹得大伙直掉泪。最后,村支部书记老瓦一掐腰,说:"啥也别说了,按麻嫂说的办,轮到谁家谁家让孩子吃饱喝得,别亏了哑巴孩子。另外,轮到谁家队里给谁家记一天的工。"

从这天起,苗郎就吃起了百家饭,穿起了百家衣。村支部书记老瓦打公社开会回来,每每看见苗郎毛茸茸的小脑袋拱在年轻媳妇的怀里香香地吃奶,就骂:"这小兔崽子真有福,年轻媳妇的奶全让他个鳖娃子给叼过来完了。"麻子婶则说:"自古投胎来世的小孩有两样,有来讨债的,有来报恩的。这苗郎就是来讨债的,咱们村欠他的。"

恩养个孩子不容易。苗郎十三岁的那年,得了急性脑膜炎,烧得人都昏迷了。村支部书记老瓦把青壮劳力都喊过来,把一个绳床绑成一副担架,分班轮流抬着苗郎往汴京城的大医院赶。由于送得及时,苗郎很快就好了起来,也没留下后遗症。这时的苗郎已经懂事了,回村后,挨门挨户磕头谢恩,弄得村里人个个心里头热乎乎的。

苗郎很争气,十六岁就跟着一个远房亲戚去汴京城打小工,说是要自己养活自己。在建筑工地,搬砖、和泥、运沙,啥都干。做小工的时候，苗郎就开始留心学砌墙，不到二十岁就成了掂刀砌墙的泥瓦匠。接着，学绘图，学放线，学造工程预算，不到三十岁就当上了建筑队的项目经理，成了领工的头。在苗郎的建筑队里，一多半的人都是汴堤湾的，苗郎掏心掏肺地待他们，给他们盖最好的职工宿舍，发最高的工资，而且从不拖欠。听说村里要修路，要建学校，苗郎把自己积蓄的钱一下捐了去。苗郎说："没有汴堤湾，就没有我苗郎，钱花到村里，值。"

这年，村里人正热热闹闹地迎新年，一辆大卡车开进了村。苗郎给大伙送年货来了。汴堤湾家家户户都领到了一副猪后腿，两桶花生油，六十岁以上的老人们，每人还领到了一千元的过节红包，村里人肥肥实实地过了个年。麻子婶逢人便说："当初，我说苗郎这孩子是来讨债的，真是错说了他，孩子明明是来报恩的嘛。"

给村里人送年货，苗郎已坚持了有十几年。

后来，苗郎打算在汴堤湾建一座敬老院，让村里无依无靠的老人去那里养老。得知他的这个想法后，苗郎的白脸老婆不愿意了，说："你是不把挣来的钱散完不罢休呀。"

苗郎说："没有汴堤湾，就没有我苗郎，人要懂得感恩，要知恩图报。"

见阻不住苗郎，这娘们儿就动起了歪心眼儿。她跟着苗郎管账呢，近水楼台，卷了苗郎所有的钱跟人跑了。

苗郎气恼至极，发了脑溢血，打医院出来，只能坐在轮椅上生活了。

村里人记得苗郎的好，把他从城里接回来，挨家挨户地轮流照顾他，又让他吃起了百家饭。

麻子婶已八十多岁了，身子骨依然硬朗，不管轮到谁家，她每天都要去看苗郎，送些好吃的。麻子婶说："这孩子就是来讨债的，还没讨完呢，咱汴堤湾还欠着人家的呢。"

这会儿，该说说苗郎的爹是怎么死的了。苗郎的爹也是孤儿，长大后去当兵。那年，他牺牲在了战场上。

说 瞎 话

啪，父亲的一记耳光扇过去，天宝就成了一枚陀螺，天旋地转起来。砰的一声，天宝的脑门儿磕在了方凳的棱角上，破了一个口子，血，渗出来，像两条蚯蚓，比赛着在天宝的脸上爬动。

混沌中，父亲的咆哮声似远又近："小小的孩子，说瞎话张嘴就来，一步两瞎话，长大了，身上的人皮咋披呀？咋混世界做人呀？不如，眼下就打死你算了，早死早托生。"

天宝学会说话后，就爱说瞎话，与生俱来的样子。和哥哥争枣吃，明明吃了六个，偏说吃了仨。偷拿鸡窝里刚下的蛋去换糖豆，母亲问起来，他死活不承认，"甩锅"给老母鸡，硬说那只鸡是"丢蛋鸡"，把蛋下丢了。

关于天宝说的这些瞎话，父亲看似没有理会，心里却一笔一笔地给记着呢。可是，天宝这次的瞎话说得太离谱了，有些没边儿没沿儿。

期末考试，天宝的数学考了 14 分。拿到成绩单，天宝没有思虑考砸的原因，而是挖空心思编瞎话，想着怎样才能把瞎话编圆喽，蒙混过关，让自己，还有一家人，欢欢喜喜过个年。

功夫不负有心人，好法子终于有了。天宝找来一杆红笔，将成绩单上数学分数的 1 上头靠左位置，添加了半个圈，一下就成了 94 分。回家，看了天宝的成绩单，父亲喜得又是亲又是抱，晚饭多喝了两黑碗小烧。母亲高兴的时候爱哭，鼻涕一把泪一把地哭完，摸摸索索掏出一个辨不清色调的手巾包，鉴宝样一层层拆开，抽出一张五毛的票子，塞给天宝，算是这学期的奖学金。天宝接了钱，先朝父亲鞠了一躬，回身，又朝母亲哈一下腰，嘴里还不停地念叨着："爹好，谢谢娘。"气氛相当融洽。

天宝这次的瞎话篓子，是父亲赶年集时被戳破的。巧得很，那天，在张屠夫的肉架前，父亲碰上了天宝的班主任秦老师。

获知真相后，还没办齐年货，父亲就气呼呼地回了，见到天宝，就打起了"陀螺"。

因为这件事，天宝家的这个年，过得一点也不欢喜。正月十五，天宝的伤口拆了线，留下一道亮亮的疤，像戏里头黑老包额头上的月牙。不过，打这起，天宝算是改了爱说瞎话的毛病，待人接物，一是一，二是二，是啥说啥，有啥说啥，从不藏着掖着，变成了一个不会说瞎话的好孩子。

日头一圈一圈地转，日子一天一天地挨，日月交替中，天宝长大了。眼看着一般大的孩子都结婚成家了，天宝还是没处上对象。父亲急，母亲愁，就四处求人说媒。可每次相过亲、见过面，反馈过来的信息大多一样：嫌孩儿太老实，老实得过分，怀疑是不是傻。

母亲听了，就抹泪，骂他爹："半吊子，二红砖，这回不能了，治聋子你给治哑巴了，治瞎话让你治成傻子了。"

后来，远亲近邻，亲朋好友，见了天宝就劝他，说做人要"活泛"些，有些瞎话该说还是要说，比如那些善意的谎言，等等。

众人的"哼哼教导"，还真奏效，天宝终于开窍了。有次相亲，女方问他属啥的，多大了，天宝就编了个属相，瞒下四岁多，这就与女方的年龄相当了，属相也合。只是，说这些话的时候，天宝脑门儿上的月牙就开始往外浸汗，一滴一颗的。还脸红，红到脖子里头。心跳得也快，像是里边有人在擂鼓。

一旁的媒婆见他这个样子，悄悄说："傻乖乖，说句瞎话，就这么难吗？"

好在女方对此也没多想，只说这小伙儿腼腆，爱害羞，人实在，值得托付终身，就应下了这门亲事。

婚事的成功，让天宝领略了"谎言"的魅力，潜伏的天性渐渐被激活，内心里升腾着某种冲动，瞎话似乎张嘴就来，而且也没了额头出汗、脸红心跳的相关症状。

天宝结婚后，舍不得离开媳妇外出打工，就在村头办了个养羊场。有天，县领导下来调研，路过天宝的羊场。背着手在羊场里转过一圈，领导问天宝："老乡，你的羊场存栏有多少啊？"天宝说："不多，也就一千多只。"领导一听，两眼瞪成了羊蛋："人家吹牛你吹羊，我看你的羊圈里统共超不过五百只。"天宝拿手一指，把领导的目光牵引到远处的一片荒草地，于是，一幅风吹草低见牛羊的景象，便在领导眼里徐徐展开。领导手搭凉棚望了好一阵，然后对随从的人说："这样的养殖大户不扶持，还扶持谁呀。"那些人听了，头点得全像是小鸡儿叨米。

其实，那片地里的羊，根本不是天宝的，全村的羊都在那里放着呢。因为这句瞎话，不久，天宝得到六十万元的养殖补贴，年底还戴着大红花去县上开会，名利双收。

后来，那个来羊场调研的领导犯了事儿，上面有人来找天宝调查核实一些情况，反复强调要说实话，不能说瞎话，说出的话，将来是要作为证据使用的。来人问："那年，你到底养了多少只羊？"

天宝听罢，脑门儿上的月牙开始往外浸汗，一滴一颗的。接着，满脸通红，红到脖子根儿。心跳得厉害，像是要从嗓子眼里蹦出来。

见天宝这个样子，来人又问："怎么，说句实话，就这样难吗？"

天宝说不出话，只是红着脸淌汗，一颗一滴的。

据说，这件事情过去以后，天宝变得不爱说话了，成年论辈子没一句话，他的嘴巴似乎只剩下了吃的功能。

别墅里的杜洛克

这天，老汉牛耕田气呼呼地赶到村部，去找村民委员会主任马大炮论理。他家的杜洛克母猪再有俩月就要产崽了，因为爬楼滚落下来，早产了，怀下的猪娃一个没成。而这都是因为村里推行"洗脚上楼"工程造成的。

汴堤湾村后，长有高高低低的梧桐树，层层叠翠，遮天蔽日。夏天的时候，成群结队的鸟儿在那里起起落落。村前，千亩沃野铺展开来，一眼望不到头，夏收麦子，秋产稻谷，养活了一代又一代的汴堤湾人。

去年，村里闲置了多年的高音喇叭又响了起来，村民委员会主任马大炮天不亮就扯着破锣嗓子在那里喊："当前，新农村建设如火如荼（荼），时不我待，我们要抓住机遇，乘势而上，在全村大力实施'洗脚上楼'工程，建设和谐美丽新型农村社区，让我们想了多年的'电灯电话，楼上楼下'的美梦成真，大伙挽着胡子喝蜜吧……"

破锣嗓子喊过没几天，县乡工作队就住进了汴堤湾。开完小会开大会，挨家挨户做工作。折腾了多日，牛耕田老汉才算搞明白，这"洗脚上楼"工程分两步走：第一步，先把各家各户的承包田转租出去，流转给做粮食生意的田万方。接下来，在村东划出800亩地建农民别墅，叫作新型农村社区。当然，要想入住农村社区，要先把老房子扒了，老宅基地交了。

年轻人都外出挣钱去了，村里剩下老的小的残的，还都有一个毛病：恋家。对租地交房退宅子的事儿，没几个想通的，就在那里硬挺。牛耕田老汉更想不通：土里刨食一辈子，水里来泥里滚，这脚洗得干净吗？再说了，我的猪咋办，我的杜洛克品种猪可咋办，也洗洗脚上楼去？

老汉去年托人买了两头品种猪，叫杜洛克猪，美国货，长得好看，毛色红光发亮，面目清秀可爱，四肢粗壮，屁股饱满，非常顺眼。牛耕田老汉在院子里建了个标准化养猪场，饲养得很上心，每日好吃好喝地招待。这杜洛克猪也招人待见，长得快，不生病，每天哼哼唧唧的，很快乐。

村里的别墅群很快建好了，三层独院，盖了好几排。村里人就是不愿搬，有的说，躺到楼上睡觉不沾地气，光得病。有的说，自来水吃不惯，光拉肚子。有的说，蹲着拉屎一辈子了，坐着拉不出来。问到牛耕田，老汉说："我的杜洛克猪不会上楼。"

村民委员会主任马大炮急了，在喇叭上骂起了娘。最后说：

顾全大局，自愿搬迁的，大大地好；顶着不搬、赖着不走的，大大地坏。这小子近段时间抗日剧看多了。

那天，村后的黄河大堤上一拉溜停了十几台大轿子。破锣嗓子又喊："全体村民快上车，到外地参观人家的新型农村社区，免费乘车还管饭。"权当旅游呢，村里人扶老携幼，说说笑笑上了车。傍晚回到村，大伙傻眼了：村里的老房子全扒完了。

从那天起，牛耕田老汉和他的杜洛克猪，住进了别墅里。老汉把一楼改造成了猪舍，二楼当饲料仓库，他住到三楼的一间房子里。杜洛克母猪不知是好奇，还是贪嘴，趁老汉不在家的时候，不畏艰难地往楼上爬，结果，一失足酿成大祸，它早产了。十几头还没长成的猪崽，耗子大小，血糊糊地散落一地，心疼得老汉直流泪。洗脚上楼，洗脚上楼，这楼可害惨我了。老汉跺跺脚，搓搓手，决定找马大炮论理去。

村民委员会主任马大炮正兴致勃勃地规划着别墅群二期工程，牛耕田老汉进来了，说："我的品种猪上楼摔下早产了，村里要赔我损失。"马大炮一听，眼瞪得牛蛋一样大，吼道："别墅是让住人嘞，谁让你养猪了。活该。"老汉说："村里要美化环境，不让建养猪场，我在哪儿养呀？"马大炮想想有理，说："回头上面的能繁母猪补贴来了，多补你一点。"正说着，懒人老歪进来了，说："如今老母猪都发补助费了，我的低保咋还批不下来呀？"马大炮正烦着呢，照老歪屁股上就是一脚。

临走，村民委员会主任马大炮嘱咐牛耕田老汉："啥事儿得学会适应形势，再下猪崽，你从小就训练它们上楼下楼，养成习惯就好了。不信你试试看。"

牛耕田老汉半信半疑，糊糊涂涂地走了。

　　第二年，那头杜洛克母猪平安产下一窝崽，个个滚瓜溜圆。牛耕田老汉遵照村民委员会主任马大炮的嘱托，打小训练这些小崽子们。他一手端着猪食盆，一手持棍敲打，把这群小杜洛克从楼下引到楼上，再从楼上引到楼下。这样反复无数次后，小杜洛克们练得个个身手矫捷，上楼下楼如履平地。

　　后来，这窝杜洛克猪有好几头被慕名而来的马戏团给选走了，剩下的也卖了好价钱。买家说，牛老汉养的杜洛克猪瘦肉多，还瓷实。

　　沾着唾沫点钱时，牛老汉在想：明年还要养猪，就在这别墅里头。

看 子 敬 父

　　一大早，汴堤湾就传开一个消息：有福老汉不中了，已经有三天水米不打牙了，从今儿个五更起，开始捯气。大伙还知道，昨天夜里，村里的木匠已开始在有福老汉的院里拉锯推刨，忙活着给有福老汉合棺材，邻居蛤蟆婶搭车进城给有福老汉置办送老衣也快回来了。

　　人啊，真是连鸡狗都不如，咋恁娇气咧？咋会说不中就不中了呢？一个多月前，有福老汉身体还硬朗朗的，说话像敲钟，走路带着风，落脚如打夯，一笑半道街都听得见。那时，村里人都说，牛有福真是个"有福老头儿"，能活大寿限。

　　把底的人心里都清亮，老汉得的是心病。啥病都好治，就这心病难治，哀莫大于心死呀。把底的人还知道，有福老汉的病跟儿子有关，有福老汉的儿子让有福老汉风光够了，也寒心透了。有福老汉享了儿子的福，也遭了儿子的罪呀。

　　有福老汉在甜水泉是孤门独户，这就决定了有福老汉家在村里的地位。有福老汉打小就学会了忍气吞声，学会了逆来顺受。乡下就是这个现实：家族大，势力强，人丁旺，门头硬。到有福老汉这一辈儿，牛家人丁依然不旺。老婆给有福老汉生下一个儿子后便撒手西去。从此，有福老汉便又当爹又当妈地拉扯着儿子过日月。

儿子满囤打小就讨人喜欢，聪明伶俐，小嘴又甜，也少了有福老汉的窝囊劲儿。读小学、上高中，在班里都是数得着的好学生。可惜那时读大学是要推荐的，而这样的好事是八辈子也轮不到牛家的。满囤下学回村不久，村小学一位女老师外嫁他乡，满囤掂上爷俩积攒了一个春天的鸡蛋，去了王支书家，说自己想到学校当个民办教师。王支书："中啊，等暑假过后再说吧。"暑假过后开学了，王支书刚过门的儿媳妇顶了那个空缺的民师指标。满囤气得蒙头睡了两天一夜。

后来就恢复了高考。恢复高考后的第一年，满囤就考上了省城的一所大学。以后毕业，进县委机关、入党、提拔，才貌出众的牛满囤在仕途上一路绿灯，28 岁就成了全县最年轻的正科级干部，被同龄人忌妒为"火箭式干部"。再后来，刚过 36 岁生日的牛满囤又成了大河县最年轻的副县长。人们都说："这货的前程不可限量啊。""有才气，有机遇，还要学会拍马屁。"靠着这样的处世秘诀，牛满囤正春风得意。

牛满囤的飞黄腾达，使牛家在甜水泉村的地位步步升高。大半辈子在村里低眉顺眼的有福老汉，不知不觉间开始扬眉吐气。"前三十年看父敬子，后三十年看子敬父"，有福老汉真真切切地体会到了这俗话不俗。

扳着指头算算，这些个年里，甜水泉哪家哪户没沾过咱满囤的光？化肥紧张时找到满囤，大伙都能买到平价化肥。村西老憨的儿子偷人家摩托车被关进号里，满囤"一拆洗"，没几天就放了出来。村东的石碾，闺女大学毕业托人送礼花了一万多，工作还没个着落，满囤一过问，很快就去了工商局。还有王支书，别看在村里一跺脚家家掉土，可出了甜水泉就比屁还松，到哪儿哪不响。王支书的小儿子退伍快一年了还在家待着，满囤一说话，去效益最好的供电局上班了。还有，前年村里修公路，满囤一笔批过来十二万……想想，你王支书当一辈子支书都给村里办了啥好事，除了吃喝耍二蛋，你还会弄啥？

"借人一桶水，还人一桶油"，庄稼人就信这个理。得了满囤的好处，大伙都想着咋还人家的人情哩。给满囤送礼吧，多了拿不出来，少了又拿不出手，结果大伙都盯上了有福老汉；对这老头儿好点，也算还了一份人情。于是，媳妇们下地回来，总要拐进有福老汉的院里，放一个甜瓜，掏出一把鲜菜；谁家炸了油条、糖糕，就差使孩子一样样送来；哪家有个红白事，总是先邀有福老汉，再请支书。于是，有福老汉穿得光鲜鲜的，腰里塞上几盒儿子捎来的好烟，迎着笑脸走一路散一路。办事儿空闲时间，大伙众星捧月般地围着有福老汉，问这问那，听老汉发布从儿子那里得来的最新消息：咱乡的刘书记要当副县长了，光跑事儿花了十好几万；县里的顾书记要调市里当副市长，顾书记在市里的邢书记那儿可得脸；县里的李县长跟顾书记不对脸，这回不一定能接上书记这个位儿。能知道这么多官场故事，本身就是一种身份的象征，大伙听得入神，总是把个王支书不尴不尬地晾在一边。王支书虽说心里不舒坦，但得过人家儿子的好处，酸劲儿也只能在肚里翻腾。

也不知从什么时候开始，有福老汉享受上了村干部的待遇。电工二孬每月收电费时都要隔过有福老汉的门儿；挖河修路，组长粪权总是忘记量有福老汉那一份；放电影、唱大戏，有福老汉总是和王支书、马主任他们一起坐在最好的位置。

好多次，满囤想把有福老汉接到县城一起过，但有福老汉总是住了两天就吵嚷着要回去。住城里没意思，进门就脱鞋，睡觉还得穿着衣服。城里人人情也薄，对门不说话，见面不搭理。上班后一栋楼死气沉沉，下班后门一关，各过各的，没有一点热闹劲儿。看惯了笑脸的有福老汉，上楼下楼碰上的都是霜打的脸，心里堵得难受。有一次，满囤见留不住老汉，就呼来司机，拉上有福老汉到县城最好的酒店，打算让老汉好好吃一顿，再送他回去。

这饭店可真阔气，人进来就像是入了水晶宫，头顶亮、脚底亮，左边亮、右边亮，有福老汉只觉得脚下打滑，两腿发软，在司机小赵搀扶下迷迷糊糊地走进个雅间。房间很大，有棉花包样的沙发，有被单大小的大屏幕彩电，还有那吃饭的桌子，真大，像以前的老碾盘，手一推，老唱片一样转来转去。有福老汉说："吃个鳖孙饭还搁住弄恁多色样？"儿子满囤说："让俺家老头儿也享受一回吧。"酒菜上齐，两个鲜亮亮的丫头，还站着不走，有福老汉就让她们："坐那儿一块儿吃吧！妮儿。"俩妮儿笑着说声"谢谢"，还是站着不动。儿子满囤说："爹，咱们开始吃吧。"一杯酒下肚，俩妮儿一个忙着倒酒，一个慌着添水，局促得老汉直往外冒汗。都是个人，咋能有吃的，有看的呢？满满一桌山珍海味，老汉勉强吃了半饱。最后，有福老汉总结说："还没有在家扒一碗熬萝卜丝得劲咧。"儿子满囤说："老爹生就的穷命头。"结账时，烟酒菜加上包间费一共是一千二百块。有福老汉心疼得不行，又总结说："这顿饭，顶恁排权叔家的一季麦子。"

坐车回家的路上，有福老汉还在心疼那一桌一千多元的酒席，眼前不觉晃动起儿子求学时的一幕幕情景。那时，儿子在二十公里外的凤凰镇上高中，每周回来背一次馍。家里粮食少，每次给儿子蒸馍，都要掺进去一大筐子红薯叶。一次，有福老汉正和着蒸馍的面，儿子满囤在一旁说："爹，多掺些红薯叶吧，那样每顿我可以多吃一个。"听了儿子的话，老汉的泪一串一串地往面盆里滴。都是爹没有本事啊。儿子满囤星期六回家，看见啥都是香的。有回将有福老汉准备的一筐子蒸红薯吃光后，又将半锅稀面汤喝了个精光。有福老汉突然看见，填饱了肚子的儿子就像一个临产的怀孕娘们，鼓油油的肚子两边，一根根凸起的肋骨清晰可数。老汉捂着脸呜呜地哭开了。儿子满囤此时却一脸的茫然。

抹抹两行热泪，有福老汉对身旁的儿子满囤说："花钱要紧手，别光装排场。咱爷俩混到这一步不容易，可不敢有个闪失。再说了，啥苦啥罪都受了，得知足……"儿子满囤没有反应，靠着汽车的座背呼呼地睡着了。

记不清是哪一天了，一大早，邻居粪权就敲开了有福老汉的门："老叔啊，昨晚电视上看见满囤弟了……"这有啥稀罕的？儿子满囤要开会，要下去检查工作，差不多每天都在电视里露脸。粪权说："老叔，昨天满囤上电视跟以前上电视不一样，检察院的人给满囤上了手铐，说他贪占了公家的五十万多块钱咧……"一声闷雷在有福老汉脑门里炸响，接着是一阵阵挡不住的轰鸣……

深一脚浅一脚赶到县城，有福老汉经四处打听后，验证了这种说法的真实性。在村北老伴的坟头前，有福老汉一把鼻涕一把泪，揪着发白的头发一个劲儿地往老伴的坟上撞，双膝前砸出了一个深深的土坑。"满囤,你好糊涂呀,你还叫你爹咋有脸见人哪,咋扛着个脸在人场里混啊……"

隔一日,村东的二憨给孙子做九,他像往常一样掂着烟酒、糖块来请有福老汉:"老叔,孙子做九咧,您明儿个过去照护照护吧。"咋有脸露面呀,总不能把头掖进裤裆里吧。有福老汉撒了个谎,婉言谢绝了。没法往人场里站哪,还有啥说呢?说儿子满囤是咋贪占的五十万元钱?说儿子在检察院是咋受的审?说市委邢书记对这个案子咋重视?天不亮,有福老汉就锁上门躲出去了。

那天,有福老汉正闷闷地喝酒,电工二孬进来了,说话结结巴巴的:"老叔哎,这电上面管得紧了,不管光棍眼子都得交电钱,你看,我糊弄不过去了……"有福老汉二话没说,掏出一沓钱:"够不够?不够我再去拿。"二孬接着,沾着唾沫查了查,把钱塞进手提包里,嘴上一个劲儿嘟囔:"多不得劲儿,多不得劲儿……"二孬走了不多一会,组长粪权进来了,说:"叔哎,明儿个挖淤泥河咧,出力不出钱,出钱不出力。我看您老身体不咋好,干脆拿钱算了……"那晚,有福老汉喝一口酒,叹一声气,直到把那瓶白酒喝个精光。

有福老汉病重的前一天,是王支书给他老爹办寿宴的日子。支书家办事,村里人随礼凑份子,是一户也不少的,这事办得会更热闹。有福老汉如今最怕热闹,最怕人聚群。人多了嘴就多。嘴多了,就会扯东扯西,就会不可避免地议论他们父子。于是,有福老汉一早就到村南的河洼里躲去了。

一天的光景好难熬。眼看着日头不紧不慢地躲入地下,又冷又饿的有福老汉拍拍屁股上的土,开始往家返。

村子像一头累乏的老牛，静静地平卧在淡淡的薄暮中，闪烁的灯火似老牛眨动温存的眼睛，让人生出对家的依恋。像头牛一样有草吃、有活干、少是非，多好。人啊，为啥总是跟自己过不去？

经过王支书家门口时，王支书家的酒摊儿还没有散尽。喝多了酒的王支书，正高腔大嗓地说着醉话："我早就看出来了，他牛满囤是较着劲儿跟我过不去，踩着老子的肩膀往上爬，树他牛家的威望，杀我王家的威风。乖乖小啊，你还嫩着呢。胎毛还没褪净咧，就想成精，这不，还是栽了。还有他那个老爹，以后还得在村里夹着尾巴做人。我早就说，他老牛家坟地都没长棵草，这一辈孤门独户，下一辈断子绝孙……"

一股说不清楚的东西在有福老汉体内蛇一样地冲撞、回旋，然后便直直冲向脑际，有福老汉觉得眼前猛地一黑，便栽倒在地……

有福老汉闭眼时，身边没一个亲人，不得济。大伙都说："这老汉落得真可怜。"

跋：以书写的方式回家

对于乡村，我有着天然的亲切和最为朴素的情感。

记忆深处，有风掠过田野，涌进村街，绿树摇曳中，鸡鸣、羊咩、牛哞、童谣，还有游乡人的叫卖声，汇聚成动人心魄的田园交响，于是童年的时光便多了一抹明亮的色彩。而今，带着这样的心境回望和书写乡村，创作，有的只是满满的幸福感。

一

在中国文学史上，一直有乡村书写的传统与独特类型，从古代的田园文学到现当代的乡土文学，这一传统至今依然强大。我国是一个传统的农业大国，乡土文明历史悠久，乡村意识根深蒂固。即便在当下，也有相当比例的人口生活在乡村，或者有着清晰的乡村记忆。纵观中国当代文学史，乡村题材的小说作品，一直占据重要位置。作为时代和社会的一面镜子，文学作品与现实生活互为镜像关系，这在乡村题材小说创作中更能直观地体现出来。

那么，如何表现乡村，对写作者来说是一个严峻的考验。随着城市化和市场化的加速推进，城乡之间的界限不再泾渭分明，传统的乡土意识和乡村文化心理结构也有了较大改变，乡土作为一种静态的农业文明已经走向瓦解，逐渐进入后乡土时代。如果我们还致力于表现近乎原始的、封闭的、落后的乡村镜像，将会使作品严重失真，也无法准确呈现当下农村和农民的现实状态，又如何保证作品情感的真实和作家的真诚？作品又如何获得读者的认可和信任。没有乡村生活经验，没有对农民和乡土的关注，落后于时代发展的步伐，自然无法呈现一幅全新的与现实生活同步的乡村社会图景。

乡村题材是文学创作的重要领域，乡村发展关乎全面小康和现代化进程。新时代乡村文学题材的创作者需要有大视野、大情怀和大的耐心，要紧跟时代步伐，明确创作站位，深入乡村生活，揭示社会巨变。要用文学的方法去发现、书写和探索乡村的现实问题，既要有"见"，又要有"识"，才能创作出既有现实厚度，也有思想穿透力的作品。同时，不论形式还是内容，乡村题材文学作品的呈现方式都应因时而变，不把握时代脉搏，作品就没有生命力，失去了这个根基，作品的艺术价值也将是空中楼阁，无从谈起。

乡村生产经营模式的变化，乡村道德伦理的更迭，以及由此带来的人性挣扎、心灵创伤等内在的焦灼，社会生活新的躁动，新的价值观念的形成，为乡村题材创作不断注入新的内涵。我认为，尽管城市化进程不可阻挡，但不能全然无视乡村的价值，更不能因为一味城市化，以至于人为扼杀乡村文明。也许在城市与乡村文明之间能够找到平衡点，使城市与乡村文明协调发展、和谐共生。

值得注意的是，作为乡土写作者，我们可能会过多地沉迷于对过往的眷恋，但是这种眷恋充满着纠结、困境甚至险情。如果我们还一味地回顾与盘旋于过去的山水田园、风俗人情和表达方式，就可能落入一种熟悉而又可怕的圈套。要知道，每一个时代，都有它自己的样子，写作者要建立好与现实的关系就要警惕对过去或未来的偏爱，而与眼下的现实形成一种精神上的契合。

如今，乡村依然是书写者的"广阔天地"，是作家可以深扎下去的沃土。要摆脱乡村书写的固定模式，只有切实深入生活和理解生活，深入广袤的田野和乡村，才能呈现出剧烈变动中的乡村，写出中国乡村的巨大变化，以自身观察来抒写记录时代沧桑巨变的作品。在社会多元化发展的背景下，作家的想象力、小说的叙事呈现出丰富的多样态局面，乡村日常生活，社会风俗习惯，人伦关系诸如此类的叙事不断进入读者的视野，由此避免了释义政策观念的"图解式"路子。诺贝尔文学奖得主伊沃·安德里奇曾说："只有那些能够描绘出自己时代、自己同时代的人及其观点的最美好图景的人，才能成为真正的作家。"

二

在乡村题材短篇小说创作过程中，我始终坚持扎根中原沃土，挖掘乡村生活中的典型事例和人物，书写大时代背景下个人命运与时代精神交织的多彩乡村故事。深怀悲悯之心，冷峻地书写心目中的乡村人物，以及他们之间的爱与恨、苦与痛。

我始终认为，写作者无法选择时代，但有义务记录时代，成为时代的在场者、记录者和表达者。我希望我塑造的形象，首先是个体的人，有生命有呼吸的人，他们有喜怒哀乐、爱恨情仇，应该是文学的、人性的，能引发读者共情的人物和故事。如此，方能直抵人心，客观反映现实生活，映照时代社会，并释放启发当下的力量。

对于很多人来说，童年记忆无疑是生命中最美好的记忆，这一记忆往往与其童年生活于乡村乡土的风情息息相关，甚至会将往昔生活的艰辛和痛苦也作为幸福记忆的一部分，且越玩味似乎越具有心理慰藉的力量。

长年生活在外的游子，家乡永远装在心里，藏在梦里。虽然行走在异乡，但家乡或气势恢宏或细枝末节的变化，在关注、观察、反刍、感悟中，不断刷新着关于故乡的记忆，丰厚浓郁的乡愁，让自己关于家乡的梦在城市的高楼丛林间，变得五彩斑斓。

童年记忆中，故乡的草木庄稼，池塘河流，星辰月光，永远是那么温暖明亮，亲切动人。我感恩有过这样的人生经历，也庆幸自己喜爱写作，可以用手中的笔，写下我深情眷恋的故乡，记录时代变迁中故乡的一切。无数次，我沿着文字间的乡村小路，回到故乡，回归家园，寻找精神的栖息之地。我试图通过我的作品，构建一个属于我自己的文学故乡。

人们穷其一生，也许只是寻找一个能让灵和肉感到放松和回家的地方，在真正的"家"里被充分理解和接纳。这个空间似乎是物理性的，是一分自己的田，一间自己的屋，一张自己的床。但归根结底，它只能是精神性的。

三

坦率地说，写作带给我的，不是那些奖项和光环，也不是那些文学期刊上的目录。这些年，持续地阅读、思考和写作，仿佛是在追逐从未知的地方透散出来的那抹光亮，它在照亮我，拓宽我，改变我，塑造我。意识深处，那些旧的观念和思维，那些固有的看法和认知，在读写的过程中都镀上了光的亮色。文学带给我的快乐和力量，让我非常受用。

像许多少小离家的人一样，我以持续书写与故乡有关的文字完成了找到精神家园和在精神上回家的双重任务，而书写的主题和全部努力，就是为了回家。

窗外市声喧嚣，夜色并没有因为我的安坐陷入沉默。对于一个写作者来说，他需要学会在各种环境中开启写作时光，需要耐得住寂寞，守得住初心，敌得过喧嚣。

当一个人真正沉醉于写作时，所有的喧嚣都会在意识里退后，只留下与电脑和键盘相对的美好时光。

感谢刘庆邦老师为我的这部短篇集子倾情作序，他是文学大家，被誉为"中国短篇小说之王"，却平易近人，甘为人梯，肯为一个名不见经传的业余作者作序，让我深感荣幸之至。谢谢庆邦老师。